まほろ駅前番外地

三浦しをん

文藝春秋

まほろ駅前番外地　もくじ

写真　前 康輔
本文イラスト　下村富美
装幀　大久保明子

まほろ駅前
番外地

The Extra Place in Mahoro Town
by
Shion Miura

First published 2009 in Japan by
Bungei Shunju Ltd.
This book is published in Japan by
direct arrangement with
Boiled Eggs Ltd.

光る石

雨が静かに降っている。

多田啓介《ただけいすけ》は、事務所の窓を拭《ふ》く手を止め、『雨音はショパンの調べ』の鼻歌も中断した。額の皮脂がつかないよう気をつけながら、ガラス越しに表の道路を見下ろす。

だれもいない湿った道は、曇り空を映して鈍く銀色に光っていた。

ぼんやりしてるうちに戒厳令が出たとか、未知の病原体が跋扈《ばっこ》してほとんどの人類が死滅したとか、そういうことかもしれないな。多田は子どもみたいな夢想をめぐらせる。もしそうだとしたら、もうこのまま働かなくてもすむんだが。

ここ三日ほど、多田便利軒は暇だった。仕事をさぼっていたのではない。事務所の電話が、季節はずれの冬眠を決めこんでいたのだ。雨がつづくと、便利屋への依頼は減る。じめじめした空気のなかで、他人を家へ引き入れ、部屋の掃除を頼むものはあまりいない。庭木の剪定《せんてい》を思い立つものもいない。晴れた空を見てようやく、ひとは身辺をさっぱりさせる気分になるものらしい。

桜が散って以降、青い空をまともに目にした覚えがない。そうこうするうち、梅雨に入ってしまいそうだ。多田は、ため息を無理やり鼻歌のつづきへと転じた。同時に、腕の動きも再開させる。細かく泡立つ薬剤を乾いた布で拭き取るたび、窓ガラスは空の色に近づいていく。

「腹へった」

急に声がし、多田は振り返った。行天春彦《ぎょうてんはるひこ》が、ソファから身を起こしたところだった。そういえば、いたんだったな、と多田は思う。見事なまでに気配を消した行天は、立ち働く多田をしり目に、優雅な午睡《ごすい》を貪《むさぼ》っていたのだった。

床に足を下ろした行天の、髪の毛には盛大な寝癖がついている。

「なんか妙な夢見た。南口ロータリーで、虚無僧《こむそう》が経をあげてんの。俺はそれをしゃがんで見ながら、虚無僧の持ってるお椀《わん》に光る石をどんどん投げ入れる。『もう経はいいよ』って合図なんだけど、虚無僧はやめない」

なんじゃそりゃ、と思ったが、黙って窓に向き直る。行天が首をかしげるのが、目の端《はし》に映った。

「いまは年末だったっけ？」

「年末じゃなくても窓は拭く。汚れてたら、拭くもんだ」

「ふうん」

と言ったきり、行天は動く気配を見せない。多田が窓拭きに精を出すのは、わずかな汚れも許さぬ潔癖性だからではなく、掃除用品の点検のためだった。明日はひさしぶりに、仕事の予約が入っている。そう思うと、多田は準備せずにはいられないのだった。行天には、そんな家主兼雇い主に協力しようという発想がない。

「なあ、腹へった」

「もらいもんの饅頭があっただろ」

足音が部屋を横切り、台所のほうで鍋やらヤカンやらがひっくり返る音がした。

「多田ー。この饅頭、カビ生えてるよー」

知るか。カビぐらい食え。内心で悪態をついたのだが、それきり台所が静かなので不安になった。窓を拭き終えた布を片手に、応接スペースと居住空間との仕切りのカーテンをくぐる。

行天はシンクに向かって突っ立っていた。多田がまわりこんで覗くと、行天は顔のまえにかざした饅頭の底面に、いましもかぶりつこうとしているところだった。饅頭の上側には、抹茶のごとき緑のカビがもっさりと生えている。

「待て待て待て！」

多田は慌てて、行天の腕をつかみ止めた。「やっぱりそれはやめておけ。なにか食べたいなら、買ってこい」

「えぇー。面倒くさい」

行天は饅頭をシンクにそっと置き、今度は棚を漁《あさ》りはじめた。その隙に、多田は饅頭をゴミ箱に捨てた。「なんにもないねえ」と行天はぶつくさ言っている。めずらしいこともある。行天はふだん、積極的に食欲を見せることがほとんどない。固形物よりも酒から摂取するカロリーのほうが多いぐらいだろう。

どうしたんだ。今年の天候もおかしいが、行天の胃袋もいつもとちがう。雨がつづくと食欲が増すって、おまえはナメクジか。

多田の胡乱《うろん》な視線に気づかず、行天はしかたなさそうに、コップにウィスキーをついでソファへ戻っていった。『雨音はショパンの調べ』を上手にハミングしている。

経みたいな鼻歌を聞かせて悪かったな。多田が憮然としたとたん、事務所のドアが勢いよく開いた。

「便利屋さーん、元気ぃ？」

聞き慣れた陽気な声が響く。

カーテンをめくって応接スペースに顔を出すと、案の定、ルルとハイシーが立っていた。ハイシーは腕にチワワを抱いている。チワワは、ショッキングピンクの犬用レインコートを着せられている。ルルも、同じ色のレインコートとハイヒールという出で立ちだ。

「ほんとにこの雨、イヤんなっちゃうわねぇ。商売になんないわよぅ」

ルルは「お邪魔します」もなにもなく、さっさとレインコートを脱いで行天の隣に腰かけた。レインコートの下から、てらてらした紫色のワンピースが出現したので、多田は色調の狂った悪夢を見ている気分になった。ハイシーはチワワを床に下ろし、犬用のレインコートを脱がせてから、行天の向かいのソファに座った。

チワワは全身を震わせ、毛皮に空気を行き渡らせると、多田の足もとまでやってきて挨拶がわりに尻尾を振った。多田はかがんでチワワの頭を撫でてやった。

「これ、おみやげ」

と、ハイシーが紙の箱をローテーブルに載せる。

闖入者《ちんにゅうしゃ》にはまったく注意を払わず、コップを傾けているだけだった行天が、はじめて反応を見せた。

「食い物?」

「駅前の新しい店に、毎日行列ができてるでしょ?　そこのチーズケーキ」

「わざわざ並んだんですか」

多田が口を挟むと、ハイシーはちょっと肩をすくめた。

「暇なんだもの。ハナのトリミングを待つあいだに」

そういえば、チワワの耳もとにピンクの小さな花飾りがついている。犬に洋服。犬に美容院。うーん、俺には到底不可能なかわいがりかただ。

多田が改めて、毛艶のいいチワワを眺めているうちに、行天はチーズケーキの箱を開けた。

「でかい」

うれしそうに言ってソファから立ち、跳ねるように台所へやってくる。しゃがんでいた多田の肩に、行天の膝が激突した。

「いてえ!」

と言っても、聞いていない。包丁を手に、また跳ねるようにソファへ戻っていく。

多田はやれやれと腰を上げ、皿とフォークの用意をした。数がたりなかったので、洗って乾かしておいた使用ずみの割り箸も手に取った。


結局、人数ぶんの食器は必要なかったことが判明した。

行天は手づかみで、切りわけたチーズケーキを黙々と腹に収めている。多田は自分のぶんを半分ほど食べたところで、甘さに胸焼けしてフォークを置いた。ルルとハイシーはもう食べ終わり、にこやかに行天を見守っている。せっかく並んでまで買ってきたのに、二人の取りぶんは少なかった。多田は居心地が悪い。

「ふつう、一番に選ぶやつは、遠慮して小さいのを取らないか?」

行天に声をかけると、

「そう?」

と心底不思議そうな答えが返ってきた。

「それ、知ってるぅ」

ルルが強調された胸の谷間を揺すって言った。「大きな鼓《つづみ》と小さな鼓でしょ?」

「葛籠《つづら》です」

と多田は小声で訂正した。

「おっきいほうにはぁ、ガラクタが入ってるの」

「あー、あの話、ヘンだよね」

行天はチーズケーキを食べ終え、指を舐《な》めた。ハイシーがくすりと笑う。

「どうヘンなの？」

「俺だったら、ガラクタをとりあえず風呂敷に移してから、ひとを試すようなまねをする雀を一羽一羽、絞め殺す」

風向きが怪しくなってきた。

「それから？」

「それから、大きい葛籠いっぱいになった雀の死骸を持って帰って、ガラクタで焚《た》き火してあぶって食う」

今日の夕飯は、なにか腹に溜まるものを用意したほうがよさそうだ。多田はそう判断した。行天は一応満足したのか、ソファの背にだらしなく身を預けた。ルルが腹をくすぐっても、黙ってされるがままになっている。エネルギーを節約する方針を取ることに決めたらしい。

「だいたい、なんで五つに切りわけたんだ。素直に四等分すれば簡単だっただろう」

紙箱のなかには、小さな三角形が一切れ残っている。行天は視線だけを床のチワワに向けた。

犬にケーキを食わせちゃいけないんだ、行天。多田はこめかみを揉《も》み、

「食べますか？」

と残ったケーキを二人の女に勧めた。ハイシーは首を振り、ルルは多田の皿を見た。多田が食べかけのチーズケーキを皿ごと押しやると、ルルは喜んでフォークを持った。

ためらいがちなノックののちに、またも事務所のドアが開いた。行天を除く室内の面々は、反

射的に姿勢を正し、いっせいに戸口を見た。

二十代半ばぐらいの女が立っていた。肩まである栗色の髪は、よく手入れされていることがうかがわれる。グレーのカーディガンに膝丈の黒いスカートという恰好だが、地味ではない。むしろ、女同士でしのぎを削るうちに身につけた、男に対して強力な武器となる甘やかさを漂わせている。銀行員かな、と多田は推測した。

女は、多田、ハイシー、クラゲみたいにぐんにゃりして天井を見上げたままの行天、ルルの化粧とワンピースとハイヒール、という順番に視線をさまよわせてから、

「あの……」

と言った。「便利屋さんですよね」

「そうです」

と多田は答え、ソファから立った。それを機にルルとハイシーが帰ってくれることを祈ったのだが、もちろん二人は居座りつづけた。多田はローテーブルのうえを手早く整頓し、ルルの隣に場所を移した。ハイシーもくっついて移動し、多田の横に座った。弾《はじ》きだされた行天が、床に体育座りする。

多田は天を仰ぎたい気分だったが、表情には出さず、「どうぞ」と空《あ》いたソファを手で示した。

女は、床の行天からなるべく遠いルートを通って、しかし行天から視線は離さず、ソファにたどりついた。急に吠えだしそうな犬のまえを、しずしずと通過する子どもみたいな顔つきと動作だった。本物の犬のほうは、たまに腹を震わせ、部屋の隅で静かに丸くなっている。女はたぶん、

チワワの存在に気づいていないだろう。

「ねえ、ケーキ食べるぅ？　おいしいわよぅ」

とルルが言った。女が、「いえ」と首を振ったのにもかまわず、使わなかった皿にチーズケーキの最後の一切れを載せ、割り箸を添えて差しだす。ルルとハイシーの注視に負け、女は「いただきます」と使い古しの割り箸でケーキを口に運んだ。

厄介だな、と多田は感じた。ハイシーの膝をまたぎ、台所に行く。

行天の奇行と、ルルとハイシーの存在を目にしても、女は帰ろうとしない。一、あの三人に負けず劣らず、女も常識から逸脱している。二、常識をねじ曲げてでも、多田便利軒に依頼せざるをえない事情がある。はたしてどちらだろう。どちらにしても、多田にとってはありがたくない事態になりそうだ。

湯を沸かし、人数ぶんのコーヒーをいれてソファに戻った。ルルとハイシーに見つめられつづけていた女は、待ちかねたと言いたげに割り箸を置いた。膝のうえで両の拳《こぶし》を握りしめ、上下の前歯のあいだから絞りだすように低く言う。

「便利屋さん。私もうこれ以上、あの女がエンゲージリングをしてるところを見たくないんです！」

「……はい？」

やっぱり厄介事だったか。多田は内心で嘆じた。行天は膝を抱えた腕に顎を埋め、目を閉じている。眠ってしまったのか、動かない。身を乗りだしたのはルルとハイシーだ。

「なあにぃ、エンゲージリングがどうしたのぉ？」

「あなたは指輪をしてないわよね。恋人を盗《と》られたってこと？」

「いえ、そうじゃありません」

ルルとハイシーの食いつきようを見て、女は逆に、少し冷静さを取り戻したようだ。「……みなさん便利屋さんなんですか？」

「あ、ちがうちがうー」

ルルが手を振った。「あたしとこの子はぁ」

駅裏で娼婦やってまーす！　などと言われてはたまらない。多田はすかさず、

「近所の住人です。ちょうど遊びにきていたところで」

とルルの言葉をさえぎった。「便利屋をやっているのは俺で、あっちはアルバイトの行天です」

多田が指さすのにつられ、女はうずくまった行天を見やり、すぐに視線をそらした。目が合ったら飛びかかってくる猛獣みたいに思えるらしい。

「それで、どういったご依頼でしょう」

と多田はうながす。

「これを見てください」

女は黒い通勤用鞄から、鮮やかな水色の小箱を出した。蓋《ふた》を開くと、プラチナの台座にダイヤモンドがひとつついた指輪が光った。

「わあ、きれいー」

「ティファニーね」

ルルとハイシーの目もダイヤに負けずぎらぎら光った。

「でもこれ、あなたのエンゲージリングでしょ。どうして、しないのぉ？」

「仕事中は、はずすようにしているんです。同僚には、私より年上で結婚していないひともいますし」

女はちょっと誇らしげに指輪をつまみあげ、左手の薬指にはめてみせた。「それに、このダイヤ、０・４５カラットなんです」

「はあ」

ダイヤの褒《ほ》めかたを知らず、多田は曖昧に相槌《あいづち》を打った。「立派ですね」

「いいえ」

女はなにやら決然とした調子で首を振る。「小夜《さよ》のダイヤのほうが大きいんです。０・７５カラットもあるんですよ！」

話の要点がわからない。

「まずは、依頼書に必要事項を記入していただけますか。名前と連絡先。それから依頼内容を」

「この、指二本ぶんの幅に？　収まりきりません」

「要約……」

「無理です」

行天の腹が「ぐうぅ」と鳴った。多田は再びこめかみを揉んだ。

女の説明をなんとか整理して飲みこんだころには、すっかり夜になっていた。

おおよそ、こんな話だった。

女は宮本由香里《みやもとゆかり》という名で、二十五歳。まほろ信用金庫に勤めている。去年、駅前支店に異動になり、中学の同級生だった武内《たけうち》小夜と、同僚として再会した。

「べつに、中学時代に特に親しかったわけでもないんですけど」

昼ご飯を食べたり、休日に買い物をしたりと、一緒に行動することが増えた。

由香里は、同期の男と入社当時からつきあっていて、結婚が決まっていた。小夜も、合コンで知りあった外資系の証券会社に勤める男と、一年ぐらい交際していた。

由香里は今年のはじめ、エンゲージリングを買ってもらうことになった。男はだいたいの予算を告げ、「どれが欲しいか、見当をつけておいて」と言った。由香里は小夜を誘い、銀座に下見に出かけた。

「いやな予感がするわぁ」

とルルが身をよじらせ、

「どうして小夜を誘ったの。『特に親しかったわけでもない』んでしょ?」

とハイシーが険《けわ》しい表情で指摘した。多田は質問すべき箇所もわからなかったので、黙っていた。

「一番仲のいい友だちは、ちょうどその日、べつの用事があったんです」

由香里はため息をついた。「でも、エンゲージリングの下見なんてもちろんはじめてだし。一人じゃ心細かったから、つい小夜を」

銀座のティファニーで、由香里はいいと思える指輪を見つけた。プラチナのリングに四角いダイヤモンドという、シンプルなデザインだ。正面から見ると、ダイヤがあまり出っ張っておらず、日常的にも気をつかわずにつけられそうだった。

「あー、わかるわかるぅ」

ルルがうなずく。「六本爪で有名なティファニーセッティングって、きれいだけど、とんがりが武器みたいで怖いわよねぇ」

「それ、わりと最近ティファニーが発表した、新しいセッティングのやつでしょ。いいセンスしてるわ」

ハイシーは由香里の指輪をそう評した。多田はあいかわらず、曖昧にうなずいているだけだった。セッティング？　たしかに由香里の指輪に目を凝《こ》らすと、なめらかな流線を描く台座がダイヤを支えている。しかし多田は、「どっかの橋脚に、似た形があったな」という感想しか抱けなかった。

「小夜も、『いいんじゃない、これにしたら』って言いました」

由香里は膝に置いたピンクの花柄のハンカチを握りしめる。

０・４５カラットのエンゲージリングを買ってもらった由香里は、その輝きも、男の心も、うれしかった。値段は五十万ちょっとした。

「ぐうぅ」

行天の腹の虫に似た音が、多田の喉からこぼれた。

「あんた、別れた奥さんにいくらの指輪買った？」

こういうときだけ、行天は眠気や空腹をものともせずに甦《よみがえ》る。

「おまえはどうなんだ」

「俺はなんにも。ギソーケッコンだもん」

「いいのよぅ、便利屋さん。いくらの指輪だって、あたしはうれしいんだからぁ」

ルルが優しい目をして言う。なぜ、俺からもらうことを前提に話してるんだ？　多田は膝の裏にじっとりした汗をかいた。

「私も、値段は問題じゃないと理性では思います。でも感情が、感情が……！」

由香里はハンカチを両手でひねる。まあまあ落ち着いて、と多田はなだめた。じっとりした汗は、いまや額にも染みだしていた。

「ゴールデンウィークに、小夜は彼氏とニューヨークへ行ったんです。帰ってきた彼女は、ティファニー本店で買ったエンゲージリングをしていました。私と同じデザインの、０・７５カラットの指輪を！」

「うっわ、サイテー」

ハイシーが顔をしかめる。

「許せないわぁ、それは許せないわぁ！」

ルルもソファに座ったまま足を踏み鳴らす。多田は拍子抜けし、首をかしげた。

「０・４５だろうが０・７５だろうが……」

「ちがうわよぅ！」「全然ちがいます！」「その差は大きい！」

女三人の咆哮《ほうこう》にかき消され、みなまで言うことができなかった。ちなみに小夜の０・７５カラットの指輪は、百二十万はするのだそうだ。

「ぐううぅ」

と多田は喉の奥でうなった。

「ほらね。やっぱり最初から、でかいほうを選べばいいんだよ」

行天は近づいてきたチワワを抱きあげ、シャンプーしたばかりの腹のにおいを嗅いだ。「それで？　雀をどう調理すれば、あんたは満足すんの？」

多田はルルに目くばせした。ルルはめずらしく多田の意を正確に汲み、行天の脛《すね》を軽く蹴って黙らせた。静かになったところで、多田は由香里に向き直る。

「宮本さんの悔しさは、なんとなくわからなくもないような気もしなくもないです。しかし、うちは便利屋だ。なにもお力にはなれないと思うんですが」

「なれます。多田便利軒さんじゃないと、だめなんです」

由香里は、鞄から出した封筒をローテーブルにすべらせた。「明日、掃除の仕事が入ってますよね。武内小夜から」

多田は胃のあたりをさすった。由香里の話を聞きながら、「まさか」と思っていたのだが、やっぱりだ。電話で掃除を依頼してきた女は、たしかに「タケウチ」と名乗った。

「明後日、小夜の家に呼ばれているんです。私も含めた学生時代の友人に、婚約者を紹介するから、と」

由香里のハンカチは、ねじり鉢巻きのようになっている。「でも小夜は掃除が大嫌いで。一度行ったことがあるんですが、部屋が超絶汚い！　便利屋さん、覚悟したほうがいいですよ」

「慣れてますから」

多田は由香里を刺激しないよう、できるだけ穏やかに言った。「つまり、掃除はどうするのかと武内さんに聞いて、うちに依頼したことを知ったんですね」

「はい。チャンスだと思いました」

由香里は封筒をどんどん多田のほうに近づけてくる。「小夜は見栄っ張りだから、これまで男を自分の部屋に入れたことがないんですって。なのに、便利屋の力を借りて掃除して、自宅に友人を招いて婚約者のお披露目。その指には、私と同じデザインの、私より大きなダイヤのエンゲージリング。許せますか？　許せないでしょう、そんなの！」

あまりの剣幕に、チワワが行天の膝から落ちた。ルルとハイシーはうんうんうなずいている。

「あの……」

と、多田はおずおず言った。「武内さんがあなたを好き、ということはないんですか？」

骨の軋《きし》む音が聞こえてきそうなほどゆっくり、由香里は多田に首をめぐらせた。

「なんですか、それ」

「いえ、わざわざおそろいの指輪にする理由が、俺にはほかに思いつけず……」

「甘い！」

と由香里に叫ばれ、多田はのけぞった。「だからおじさんっていや。すぐに世の中をロマンティックに見ようとする」

「おじさん……」

呆然とつぶやく多田を眺め、ローテーブルに顎を載せた行天がにやにやした。

「おそろいというのはダイヤのカラットとグレードも同じではじめておそろいなんです。小夜なんて職場でこれ見よがしにエンゲージリングして私や結婚できない先輩の気持ちなんててんでおかまいなし！」

ここで由香里は一息つき、激情を鎮めてややトーンを落とした。「それでもまだ、小夜が私を好きだって言うなら、便利屋さんの『好き』の定義がおかしいんです」

ごもっとも。

「とにかく私は明後日、小夜の薬指にエンゲージリングがあるのを見たくない」

じゃあ、招待を断ればいいじゃないか。と、居合わせただれもが思ったようだったが、燃えたぎる女の闘志をまえに、それを口にする愚はだれも犯さなかった。

「だから明日、なんとかしてください」

「なんとかって、怪盗じゃないんですから、指輪を盗むわけには……」

「明後日、小夜が指輪をしていなかったら、それでいいんです。掃除のついでに、部屋のどっかに隠してください」

「どこにです」

「植木鉢とか洗面台の裏とか、いくらでもあるでしょ」

封筒はいつのまにか、多田のすぐまえまでローテーブルのうえを移動してきていた。「お願いします。それじゃ」

由香里はさっさと立ちあがり、事務所を出ていった。多田は封筒を持って追おうとしたが、ルルと行天が邪魔で果たせなかった。

雨はまだ降っている。蛍光灯の明かりが、室内にいるものの顔を白々と照らす。封筒を開けてみると、十万円が入っていた。

「どうすんだ、これ」

「依頼を引き受ければいいだけじゃなーい」

「ひどい話だもの、あの子を手助けしてあげたら」

と、ルルとハイシーは言った。

「囲炉裏《いろりや》屋のノリ弁当なら四百個。シャケ弁当なら二百六十三個買って六十円のお釣り」

行天が腹を鳴らしながら、ぶつぶつ唱える。多田は封筒を作業着のポケットに収めた。三日間、稼ぎがゼロだったのだ。不本意だが、しかたがない。

「それにしても」

と、ハイシーが腕組みした。「最近の子って堅実よね。信用金庫に勤めて、二十五で結婚。ルル、あなた二十五のころ、なに考えてた？」

「わかんなーい。だってあたし、二十一だもん」

ルルの発言は無視されて終わった。

「便利屋さんは……、結婚してたか」

「堅実なもので」

多田は薄く笑った。行天がのびをして、空いたソファに座る。ハイシーは「あーあ」と言って、チワワを呼び寄せ、レインコートを着せた。

「こんな商売やってても、最近、『結婚』って聞くと失神しそうになるわ。バカみたいね」

「べつにバカじゃないわよぅ」

とルルは笑った。「夢見たっていいじゃなーい」

ルルとハイシーとチワワが帰ると、事務所は急に静かになった。

ダイヤモンドの大きさや、婚約者のお披露目や、職場での過剰な気づかいや意地の張り合い。由香里の語ったすべてに、多田はたじろいでいた。それらが愛とはべつの次元にあると思えるからではなく、愛の本質を突いていると思えるからだった。

金額や周囲の評価やプライド以外に、愛を計る基準があるだろうか。殉教者ですら、天秤に自分の命を載せて愛の重さを知らしめてみせる。

最適な秤《はかり》を見いだせていれば、多田の結婚生活ももう少しましな結末を迎えていたかもしれない。

しかし、計ってもむなしいとも思えるのだった。どんなに堅実に計画し、実行に移したとしても、一瞬ですべてが崩れることはある。計量器の針は測定不能値を指し、星が消滅するときに似て、莫大なエネルギーが暗い空間に吸いこまれていってしまう。

雨は粒を大きくし、窓ガラスを叩いている。室内の光を映し、銀色に輪郭を縁取られた水滴は、どんな宝石よりもうつくしいように多田には見えた。

「腹へった」

と行天が言った。


夕飯に出前のカツ丼大盛りとたぬきうどんをたいらげた翌朝、冷凍ピザを二枚も食うのは、特に運動もしていない三十代の男としては異常な食欲ではないだろうか。

多田は軽トラックを運転しながら、横目で助手席をうかがった。

「二度目の成長期でも来たのか?」

「え、だれに?」

行天は鼻歌をやめ、備えつけの灰皿に手をのばした。まるで自覚はないらしい。まあ、もともとあらゆる意味において、どちらかといえば異常なやつだしな。多田は気にしないことにした。

灰を落とした煙草をくわえ、行天は再び、『雨音はショパンの調べ』の旋律を低くなぞりだした。ワイパーはタクトのように、フロントガラスで踊る水滴をゆっくりとぬぐいつづけた。

武内小夜の住むマンションは、まほろ駅前から車で十五分ほどの、小高い丘の住宅街にあった。

雨に濡れたコンクリート打ちっ放しの外観を見て、

「奇をてらいすぎた墓石みたいだ」

と行天は言った。多田も同感だった。エントランスドアの取っ手は黄色いプラスチック、エレベーターの昇降ボタンは赤いゴム製だ。「おしゃれなマンション」に備わるセンスを、俺は永遠に理解できん。多田は行天とともに、ちょうど降りてきた無人のエレベーターに乗りこむ。

「いいか、行天。打ち合わせどおりにな」

「はいはい」

四階の角部屋のチャイムを鳴らすと、小夜はすぐに姿を現した。ドアの隙間から室内の空気も流れだしたが、それは生ゴミのにおいがした。

くん、と鼻を鳴らした行天の脇腹を肘《ひじ》で小突き、多田は愛想良く言った。

「ご依頼ありがとうございます。多田便利軒です」

「ごめんなさいね、雨のなか」

小夜は笑顔で多田と行天を招き入れる。きちんと化粧して、小綺麗な恰好だが、たたきに靴が散乱して足の踏み場がない。キッチンと、その奥のリビング兼寝室には、ゴミも雑貨も衣服もごちゃまぜになって積みあがっていた。

こりゃ壮絶だ。本人とのギャップが怖い。多田は内心を微塵《みじん》も表には出さず、「お邪魔します」と靴を脱いだ。「脱ぎたくねー」とぼやく行天に、もう一発お見舞いした。

「このごろ忙しくて、掃除をちょっとさぼっちゃって」

小夜は恥ずかしそうに言い、ひとつに束ねた髪を背中へ払った。左手の薬指に、由香里と同じデザインのエンゲージリングがある。なるほど、これが0・75カラットか。

「たしかに、でかいな」

多田がささやくと、

「そう？　コロンビア人のほうがでかくない？」

と行天は言った。多田は一拍置いて、行天がルルを「コロンビア人」と呼びならわしていることを思い出した。さらにもう一拍置いて、行天が比べているものの正体に気づいた。

「だれがおっぱいの話をしている。ダイヤだよ、ダイヤ」

「ああ、そっちか」

と、行天はうなずいた。「ま、大きさなんてどーでもいいよ」

でかい葛籠を選ぶおまえが言うな。と多田は思った。


掃除をちょっとさぼっただけとは思えぬ部屋を、手分けして片づける。

小夜はどうやら、悪い人間ではないようだ。

ふいといなくなったと思ったら、わざわざコンビニまで飲み物を買いにいっていた。袋いっぱいのお茶やら缶コーヒーやらを見せ、「好きなものを、いくらでも取ってくださいね」と言う。昼も各種出前メニューを並べ、「なにがいいですか」と聞く。「チャーシュー麺とチャーハンとギョーザ」と行天は言った。遠慮というものがない。「ラーメンをお願いします」と、多田はメニューのなかで一番安い品を選んだ。小夜は快く応じ、ゴミの壁に取り囲まれて、三人で休憩を取った。

ようやくリビング兼寝室の床が見えてきた。行天は部屋の片隅で忠犬のように、衣服を掘り返しつづけている。色とりどりのカットソーやTシャツやセーター。下着だろうが使用ずみコンドームのようなストッキングだろうが、おかまいなしにガラクタの下から引っぱりだす。

実際には、コンドーム云々は小夜の部屋にはないようだった。由香里が言ったとおり、男を部屋に呼ぶことはないらしい。この惨状を見せずに結婚して、のちのち禍根《かこん》にならないのか。詐欺罪とか。多田は少し心配になった。

洗濯しても乾かす猶予《ゆうよ》がないので、掘り返した服は、ひとまず押入に収納することにした。小夜はいま、きれいになった玄関先で、服の箱詰め作業を行っている。それを見はからい、多田は雑誌を束ねていた手を止め、行天ににじり寄った。

「おい」

「なに」

行天は干からびたメイク落とし用のコットンを眺め、自信なさそうに、取り置く布類ではなくゴミ袋のほうを選んだ。

「宮本さんの話から受けた印象と、どうもちがうと思わないか。武内さんは気が利くし、そんなにひどい性格じゃなさそうだぞ」

「俺はたまに、あんたはほんとのアホなんじゃないかと思う」

と、行天は淡々と言った。「気が利くってのは、裏返せば外面《そとづら》がいいってことだ。この部屋を見ればわかるでしょ。それに、本当の悪人なんてめったにいない。だれだって愛されたいからね」

ごもっとも。多田は軍手をはめた手で、鼻の頭を掻《か》いた。

「そう思うなら、なんでさっき指輪を隔離させたんだ」

掃除をはじめようとしたとき、

「ねえ、おねーさん」

と行天が言ったのだ。「指輪、はずしておいたほうがいいよ」

うまいぞ、行天。と多田は思った。

「でも……」

小夜はためらいを見せた。「はずしても、この部屋じゃ置き場がないでしょう。ゴミと一緒にまちがって捨てちゃってもいやだし」

「大丈夫」

行天は持参した道具箱からセロハンテープを取りだし、小夜に微笑んでみせた。なんだその笑顔、と多田が驚くうちに、行天は間合いを詰めて小夜の左手のさきを軽く握り、

「ほら、抜いて」

と低くささやいた。

小さな透明の袋に入ったエンゲージリングは、リビング兼寝室の蛍光灯の笠に、セロハンテープで厳重に貼りつけられた。多田と行天の言行を、高みからぬかりなく監視するかのように。

うまくないぞ、行天。と多田は思った。

「どうするんだよ。あんなところから指輪が消えたら、引田天功も真っ青のびっくり脱出ショーだぞ」

「指輪を隠すのは、掃除が全部終わってからにしたほうがいいよ。ゴミと一緒に捨てちゃった可能性が残ったら、こっちの責任になる」

「だがそうすると、彼女は指輪をまたはめるだろう」

「なあ。一人の女の服を脱がせるとき、一回目と二回目のどっちが簡単だった？」

行天は本物の悪党のような顔で笑った。「一度はずせたもんは、もっと簡単に、またはずせる。必ず。俺たちへの警戒心が薄らいでるなら、なおさらだ」

「便利屋さん、一箱詰め終わりました」

玄関から小夜の呼ぶ声がする。行天は衣服の山を抱え、リビング兼寝室を出ていった。

得体の知れぬ菌類が繁殖する台所を磨くときも、落ち葉が土に変わりつつあるベランダを掃くときも、行天と小夜は親しげにしゃべっていた。

「うそ、年収が？　それで暮らしていけるんですか？」

「うん。多田んとこに居候《いそうろう》してるし、煙草ぐらいしか買うもんないし」

「行天さんて、変わってますね」

などと言う小夜の肩は、ベランダにしゃがんでマルボロメンソールをふかす行天に、さっきより接近している。多田は掃除し終えたばかりの換気扇の下で、それを眺めていた。

指輪が見つからなかったら、小夜はきっと泣くだろう。明日、婚約者にどう言い訳するのだろう。

シンクでねじ消したラッキーストライクを三角コーナーに捨て、

「そろそろゴミを運ぶぞ」

と多田は言った。「武内さんは、拭き掃除をはじめておいてください」

エレベーターを利用し、多田と行天はゴミ袋や雑誌の束を手早く運びおろした。軽トラの荷台に積んでいく。あとで、リサイクルセンターでまとめて処分すればいい。

「さてと」

多田は軍手をはたき、尻ポケットにねじこんだ。「いい隠し場所を見つけたか？」

「うーん。あんたは？」

「玄関を入ってすぐの棚に、アクセサリーが入った小箱があるだろ。あのなかはどうだ」

「『木は森のなかに』戦法か。俺なら一番最初に探す」

「じゃあ、ヤカンのなか」

「そんなとこに、指輪が入る理由がない。見つかったとき、俺たちがまっさきに怪しまれる」

「まいったな」

「掃除しちゃうと、思ったより死角ってなくなるもんだね」

「そうだ、服を詰めた箱は？」

「そのへんが妥当かも」

「よし。じゃあ打ち合わせどおり、俺が時間を稼ぐ合図を出す。その隙におまえが隠せ」

「はいはい」

いやなにおいも消え、部屋は見違えるほど広く感じられる。小夜は拭き掃除を終え、コーヒーをいれているところだった。指輪は元通り、薬指にはまっていた。

「まずはあれを、責任もってはずせよ。二度目のほうが簡単なんだろ」

「はいはい」

ささやきを交わし、多田と行天はダイニングテーブルでコーヒーを飲んだ。

「本当に助かりました。ありがとうございました」

無邪気に喜ぶ小夜を見ていると、良心がうずく。やっぱり、やめにしないか。多田がそう言おうとしたタイミングを、狙いすましたかのように行天がへし折った。

「そういえばさ。洗面所の掃除、まだしてないね」

「それはいいです。ふだん、ちょこちょこやってるから」

「遠慮しなくていいよ。サービスってことで。そのかわり、便所貸して？」

行天の申し出に、小夜はうなずいた。推移を見守る多田に、椅子から立った行天は言った。

「あー、煙草ないや。多田、買ってきて」

「なんで俺が」

あんたはほんとに本物のアホなのか？　と、行天の目が告げていた。

「ああ、いや、俺もちょうど切れてたんだった。じゃあ、行ってくる。戻ったらすぐに、おいとまするからな」

いまの俺は大根役者じゃなかったか？　多田は部屋を出て階段を下り、マンションの外でゆっくり百まで数えた。俺を追い払って、行天はなにをするつもりなんだろう。階段を上り、部屋のドアを開ける。

状況は急転していた。

「きゃー、どうしよう！」

「いたたたた、そんな力任せにしたら駄目だってば」

なにごとかと、多田はトイレと一体になった洗面所を覗き、めまいを覚えてよろめいた。

便座を上げた便器に、ひざまずいた行天が左腕をつっこんでいた。小夜がその隣にかがんで、行天の腕を便器から抜こうと、必死に引っぱっている。

「トイレ用洗剤を注いで、水をぬめらせてくんない？」

「はい」

「あー、ちょっと待った。袖が濡れるよ」

おまえこそアホじゃないのか？　と問いたい気持ちを、多田はぐっと飲みこんだ。あせった小夜が、袖をまくるついでに指輪をはずし、洗面台に置いたからだ。行天がさりげなく視線を寄越した。多田はポケットに手を入れ、携帯を素早く操作した。

「どうしたんだ？」

なにくわぬ顔で声をかけると、

「多田さん」

と小夜は安心したように言った。「行天さんの手が、トイレにはまっちゃったんです」

「なんか詰まってる音がしたから、手ぇつっこんでみたら、ズボッと。どっかに引っかかっちゃったみたいだ」

無茶な説明に、多田は眉間《みけん》に皺《しわ》が寄りそうになるのを全力でこらえた。だが、行天の迫真の演技が功を奏し、小夜はすっかり本気にしてしまっている。芝居の邪魔にならないように、大根の多田は舞台から遠ざけられたということらしい。

玄関のチャイムが鳴った。

「だれか来たみたいですね」

多田は、なけなしの演技力を発動させて言った。「こいつは俺がなんとかしますから」

「お願いします」

小夜は行天を振り返りつつ、玄関に向かった。「はい」とインターフォンで応じたあと、ドアを開ける音がする。

「すみません、ご在宅でよかったわ。うちのベランダに、これが落ちてたんですけど……」

訪問者と小夜のやりとりを聞きながら、多田は行天に、「で？」と言った。

「打ち合わせと段取りがややちがうようだが。指輪をどこに隠すつもりだ？」

行天はにんまり笑い、空いた右腕をのばして洗面台から指輪を取ると、止めるまもなく飲みこんだ。

　えーっ。と叫びたいのを、多田は我慢した。かわりに、

「なに考えてんだ、おまえは！」

　小声で叱りつけ、行天の首根っこをつかむ。「吐け、いますぐ吐け！」

「無理だよ、痛い痛い、無理だっての」

　玄関では小夜が、「私のじゃないです」と言い、ドアを閉めた気配がする。

「ほら多田。腕まくりして。早く早く」

　言われるがまま、芋を抜く要領で行天の腕に手をかけたところで、小夜が洗面所に顔を出した。

「どうですか、行天さん」

「抜けたぁ！」

　行天が左腕を便器から振りあげ、多田は飛沫《しぶき》を顔にかぶった。

「あー、よかった」

　と小夜が息をつく。

「さてと、帰ろっか」

　行天は手を洗いもせず、道具箱を持って玄関へ向かう。

「お騒がせしてすみません。支払いは振り込みでということでしたので、のちほど詳細をファックスします」

　多田は早口になるのを抑えきれなかった。心臓がうるさい。行天のあとについて歩く玄関まで

の距離が、はてしなく遠かった。

あともう一歩で、行天が靴を履くというところで、

「きゃー！」

と小夜が悲鳴を上げた。多田の心臓は一瞬動きを止めた。

「指輪！　指輪がない！」

万事休すか。多田は立ちすくむ。行天が体を反転させ、室内に取って返すついでに、多田の左肩にぽんと手を載せた。

「だーいじょうぶ。絶対に見つからない場所に隠したんだからさ」

泣きだした小夜をなだめ、多田は洗面所の湾曲《わんきょく》した配水管を取りはずした。行天は再び便器に手をつっこんだ。もちろん、指輪は見つからなかった。

「まさか、もう下水に流れちゃったんじゃ……」

小夜は小刻みに震えている。

「洗面もトイレも、水を流していません。絶対にありますよ」

ガムテープをくっつけた棒で、洗面台の裏を三回さらった。もちろん、大量の綿埃《わたぼこり》しか掻きだされなかった。

「落ち着いて思い出してください。本当に、洗面所で指輪をはずしたんですか？」

「ええ」

「そうだったっけ。俺を助けにきてくれたとき、指輪をしてなかった気もするなあ。おねーさん、台所でコーヒーカップを洗ってなかった？」

というわけで、台所も大捜索した。ないとわかっているものを、気合いを入れて探すふりをするのは、なかなか疲れる行為だった。

すでに夜になっていた。ダイニングテーブルについた三人のあいだに、重い沈黙が落ちた。

「言いにくいですけど」

と、意を決したように小夜が切りだした。

「わかります」

多田はうなずいた。すっかり憔悴《しょうすい》した小夜を見ていると、すべて打ち明けたい気持ちにもなった。しかし、引き受けた依頼は完遂《かんすい》するのが、多田便利軒のモットーだ。

「俺たちを疑うのはもっともです。納得いくまで調べてください。行天」

と、多田はテーブルに置いた道具箱を指した。行天は「うん」と言い、突如として着ていたシャツに手をかけた。

「なんで脱ぐ！」

「えぇー。だって、ポケットとか怪しいよ。多田も脱げ」

椅子から立った行天は、ぽいぽいとシャツと作業ズボンを脱いで小夜に放り、ボクサーパンツ一丁になった。小夜は呆気《あっけ》にとられていたが、行天に視線でうながされ、渡された服を探りだす。しかたなく、多田も脱ぐことにした。

「パンツも脱ぐ?」

ポケットと道具箱を確認し終えた小夜に、行天は優しく尋ねた。「さすがに、あの指輪がはまるほど小物じゃないと思うんだけど」

多田は今日三発目となる肘を、行天の脇腹に叩きこんだ。

「いいです」

と小夜は涙をぬぐった。ぬぐってもぬぐっても、涙はテーブルにこぼれ落ちた。

「ごめんなさい。疑って」

行天は飄々《ひょうひょう》と服を身につけた。多田の良心は暴れまわって喉から出そうだった。

「時間をおいて探せば、きっと見つかりますよ。お電話いただければ、いつでも協力します。もちろん、その際のお代は無用です」

「アフターケアも万全、多田便利軒」

と行天は言った。


まほろの駅裏には、その夜も倦怠《けんたい》とほの暗い興奮がヘドロのように沈んでいた。

長屋の軒下に腰かけ、雨だれを見ながら客待ちをしていたルルは、多田と行天に気づくと笑顔になった。

「あーら、便利屋さん。どう、うまくいったぁ?」

「おかげさまで。ハイシーは?」

「接客中」

ルルの背後の長屋から、ひとの絡みあう気配がにじみでている。「あの子、ぷんぷん怒ってたわよぅ。昼過ぎから三時間も待ったのに、活躍は二分で終わった、って」

「すみません。色つけておきましたから」

多田はバイト代の入った封筒をルルに預けた。

「それで？　二分のあいだに、どこに隠したのぉ？」

多田のうしろでビニール傘をまわしていた行天が、「ここ」と軽く腹を押さえてみせた。

「やあだ、ほんとにぃ？」

ルルは手を打って笑った。まぶたに塗りつけたラメが、鱗《うろこ》みたいにぬめって光る。

「どうするのよぅ、それってドロボーっていうんじゃないかしらぁ」

「厳重に保管してるだけだよ」

と、行天は真面目な顔をして言った。

「その金庫は開くんだろうな」

多田は不安になって尋ねる。「こうなったからには、明日の朝、宮本さんに指輪を渡す必要があるぞ」

「そろそろ出るから大丈夫。俺、このごろ糞《ふん》づまり気味だったんだよね。そのせいか、やけに腹が減る」

「……便秘だと腹が減るのか？」

「うん。減らない？　たぶん押しだそうとして……」

「いや、いい。もう説明しなくていい」

多田はさえぎり、ラッキーストライクに火をつけた。ルルもビーズのバッグから細いメンソールを出し、行天がくわえた緑のマルボロと火を分けあった。

雨にけぶって立ちのぼる白い流れを、三人は黙って目で追いかける。

「でもさぁ」

ややして、ルルがぽつりと言った。「サヨちゃんだっけ？　その子は指輪をなくしたこと、彼氏に明日、どう言い訳するのかしらぁ。ハキョクしちゃったりしたら、なんだか後味悪いわよねぇ」

「いまさら」

行天は鋭く煙を吐いた。「なくした、って正直に言えばいいんじゃないの。もしかしたら男は、新しい指輪を買ってやるって言うかもしれない。ケチかそうじゃないかを試す、いい機会だ」

「ひとを試すような雀は絞め殺すんじゃなかったのか？」

「ときと場合による」

行天は吸いさしを水たまりに捨て、長屋に背を向けて歩きはじめた。「百二十万で破局するぐらいなら、もとから結婚なんかやめたほうがいい」

多田はふやけた吸い殻をつまみあげ、携帯灰皿に収めた。たしかにな、と思った。

次の朝、行天は晴れ晴れした表情でトイレから出てきた。

「あー、体が軽い」

左手の小指の第一関節に、エンゲージリングを引っかけている。どうやってそれを探しだしたのか、多田はあまり考えないようにした。

朝食に目玉焼きを作っても、行天はもう見向きもしなかった。ソファにだらしなく座り、コップのウィスキーをちびちび舐めている。宮本由香里が訪れたときも、そのままの体勢で指輪を弾き飛ばした。

空中に弧を描き、光る石は由香里の掌《てのひら》に着地した。

「お呼び立てしてすみません。なりゆきで、隠しそびれて持ってきてしまいました」

多田は平静を装い説明する。

「ありがとう」

由香里は０・７５カラットのダイヤを指先で撫で、微笑んだ。「多田便利軒さんに頼んでよかったです」

「武内さんの家から帰るとき、指輪を置いてくることを忘れずに。玄関の棚に、アクセサリー入れがあります」

「はい」

「それから、あまり素手で持たないほうが……」

「どうして？」

「指紋がつくから」

と、行天が横合いから口を挟んだ。「知ってる？　ダイヤについた指紋って、布で拭いてもなかなか取れないんだって。皮脂を分解するには、唾液が一番いい。万が一、犯行が発覚しそうになったときのためにね」

由香里は行天と指輪とを見比べ、少し迷ったすえに、ハンカチに包んでスカートのポケットへ入れた。

「困ったことがあったら、またどうぞ」

事務所を出ていく女の背に、多田は言う。行天がソファから跳ね起き、窓に張りついて表を見下ろした。

「舐めてるか？」

と聞くと、行天は肩を揺らしてひそやかに笑った。多田もつられて笑った。ちょっと気の毒な気もしたが、今日一日、由香里は失われた誇りを思うぞんぶん取り戻すことができるのだから、まあいいだろう。

多田はソファに腰かけ、煙草に手をのばす。窓拭きをしておいてよかった。

「ひさしぶりの青空だねえ」

行天が開けた窓から、澄んだ五月の風が流れこむ。

光るものはすべて黄金だと信じ、彼女は天国への階段を買う。

行天のくちずさむ歌が、天井近くで煙草の煙とゆるやかに溶けあうのを、多田はしばらく眺めていた。

星良一の優雅な日常

星《ほし》はこの日も、午前六時に目が覚めた。

眠りに就《つ》いたのは三時間まえのことだったから、本当はもっと寝ていたかった。だが無理だ。こらえがたい圧迫感と息苦しさに、完全に覚醒してしまった。

「どうしておまえは、おとなしく寝るってことができないんだ？」

ぼやきつつ、胸に載った新村清海《にいむらきよみ》の太ももをどかす。清海は幸せそうな顔で、なにやらむにゃむにゃ言った。枕を抱え、ダブルベッドで横になっている。単に「横たわっている」という意味ではない。「長方形のベッド表面において、縦方向に横たわるのが就寝時の正しい姿勢だとしたら、誤って横方向に横たわっている」という意味だ。

清海は一晩のうちに、ベッド上できっかり一回転するのを特技としている。星の胸もとに清海の太ももがのしかかるのが、ちょうど午前六時だ。その正確さといったら、どんな時計の針も顔負けだった。

星はベッドから下り、首をまわした。寝るまえよりも肩が凝《こ》っていた。どうも休んだ気がしない。

カーテンを細く開け、寝室の窓から外を眺める。いい天気だ。JR八王子線の線路が、日射しを弾《はじ》いて銀色に光っている。まほろ駅にすべりこんだ電車から、ひとが砂のようにホームへ流れだす。押し寄せる熱気を遮断《しゃだん》するため、大通りを行き交う車はすべて窓を閉ざしている。

夏の生命力をそのまま宿し、まほろ市は早くも一日の活動をはじめていた。

星は元通りにカーテンを閉め、ベッドを振り返った。清海はパンツ一枚の姿で眠っている。きわめて布面積が小さいため、ほとんど全裸と言っていい姿だ。清海には野生の獣のようなところがあり、真っ裸で星のベッドにもぐりこみたがる。

「だって星くんちのシーツ、ピンとしてて気持ちいいんだもん」

星には全裸で眠る習慣がない。全裸で眠る女の隣で、自分だけ着衣のままなにもせず間抜けに眠りたくもない。かといって、いちいち清海の全裸に反応し、叩き起こしてセックスに持ちこむようなまねもしたくない。

「ピンとしてるのは、俺の高度なアイロンがけ技術の賜物《たまもの》だ。とにかく、真っ裸で寝袋に入るか、服を着て俺と一緒のベッドで眠るか、どっちか選べ」

何度も提案したところ、ようやく譲歩した清海は、パンツだけは穿《は》いて寝るようになった。譲歩の幅がパンツの布面積と同じぐらい小さいんじゃないか、と星は思う。

剝《む》きだしになった清海のなめらかな背中を見下ろす。触れたかったが、セックスは週二回までと決めている。星の経験と信条からすると、それが一番健康にいいためだ。

風邪を引かせないよう、タオルケットで清海の体を包み、エアコンの設定温度を二度上げた。


真新しい十八階建てのマンションの十五階に、星は一人で住んでいる。

マンションはＪＲまほろ駅から徒歩五分の距離にあり、生活するにも仕事をするにも便利だ。だが、この部屋を購入しようと決めた最大の理由は、「まほろ自然の森公園」に近いことだった。

星は毎朝、四十分ほどジョギングする。起伏に富んだ広い公園は、そのルートに組みこむのに最適だ。


自然の森公園は、小さな谷間を作るふたつの丘から成り、三十年ほどまえに、まほろ市が保護指定したらしい。おかげで宅地開発の波に呑まれることなく、駅から歩いて十五分の場所に、鬱《うっ》蒼《そう》とした森と谷を流れる小川が残った。いまでは花見や紅葉の季節のみならず、週末ごとに、身近な憩《いこ》いの場としてまほろ市民に愛されている。

もちろん星は、ひたすらジョギングコースとしての価値を公園に見いだしているだけであって、森林浴にも自然保護にも興味はない。むしろ、『自然の森』という名称は妙じゃないか？」と思っているぐらいだ。公園の木は定期的に手入れされているようだから、ちっとも「自然」な状態ではないし、よしんば自然な状態であるとしても、そこにさらに「森」をくっつけるのはどうなんだ。「馬の馬刺《ばさし》」と言うようなものではないか。

公園の入口に立つ木製の標識を横目に、星は毎日思うことを、この朝もまた胸につぶやいた。

明らかに説明過剰だ。くだくだしく説明されるのが辛抱ならない性質なので、「自然の森」という名称を目にするたびにいらいらする。

小鳥の囀《さえず》りにも小川のせせらぎにも耳を貸さず、黙然《もくねん》と未舗装の園内を走る。夏草の茂みをシューズが弾くと、藪蚊《やぶか》がふくらはぎにたかって、すぐに離れた。無駄なく鍛えられた星の筋肉には、到底歯が立たないと判断したのだろう。しかし、星はやや不満だった。煙草を吸わず酒もほとんど飲まない俺の血は、そこいらの若い女の血よりもかなりうまいはずだ。なぜ食らいついてこない。

まだまだ摂生がたりないということか。

星はいっそう身を入れて走った。早朝の公園で見かけるのは、犬の散歩をする老人ばかりだ。機械のように正確なペースで十キロも走り、合間に斜面でシャドウボクシングまでする星は、かなり異彩を放っている。すれちがった犬に吠えかかられたが、いつものことなので気にしない。

噴きだす汗が心地いい。気温が上昇するにつれ、葉陰で蝉が鳴きだした。

己れに課したノルマをこなし、星は公園の駐車場を突っ切って通りに出ようとした。黒のセドリックが、隅のスペースに停められている。いやな予感を覚えたとたん、案の定、声をかけられた。

「いつも朝から熱心だな」

振り返ると、まほろ署の早坂《はやさか》が立っていた。ちょうど公衆トイレから出てきたところのようだ。着古した背広のポケットにハンカチをしまい、かわりに煙草を出してくわえる。

すがすがしい朝の空気がだいなしだ。星は眉を寄せ、流れてくる煙のにおいに黙って耐えた。

「ゆうべ、この便所の裏で塾帰りの男子高校生がカツアゲに遭ったそうだ。健全なる青少年が安心して夜道も歩けないとは、まほろも実に嘆かわしい町になったもんだと思わないか。なあ、星」

「いつから生活安全課に異動したんだ」

「まだ刑事課だよ、残念ながら」

早坂は間合いを詰めてきた。「犯人はチンピラ風の若い男だったと被害者は言ってる。おまえのグループじゃないのか」

「あほか、おっさん」

至近距離から吐きかけられた煙を、星は呼吸を一時中断してやりすごす。「ガキの小遣いをまきあげるほど、うちは困窮していない」

「それもそうだな」

早坂は唇の端に煙草を引っかけたまま、薄く笑った。「まほろの年寄りや中小企業相手に、金貸しもはじめたらしいもんな。ずいぶんあくどいって評判だ。いよいよ裏街道まっしぐらってところか？」

地域振興に貢献してるだけだ。星は内心で答えた。うるさい犬を散らすためには、餌《えさ》が必要なようだ。

「健全なる青少年が、なんの用があって夜の公園をふらついていたのかを調べてみたらどうだ」

微笑みながら星が持ちかけると、「なるほど」と早坂は言った。気のないそぶりの裏側で、尻尾が勢いよく左右に振れているのが見える。

「あくまで噂だが」

星はここで言葉を切り、焦《じ》れる早坂を観察してしばし楽しんだ。「最近、天神山《てんじんやま》高校の一部生徒が、このあたりに網を張ってるらしい」

「獲物はなんだ」

「だから、『健全なる青少年』さ」

「健全なる青少年は、どんなにおいにつられて夜の公園に来るのか、と聞いている」

「知らない。それを調べるのが、あんたたちの仕事だろう」

もういいか、と尋ねると、早坂は顎をしゃくって「行け」と示した。

もちろん、星は本当は知っている。まほろを仕切る岡山《おかやま》組が、粗悪な薬を売買する場に、自然の森公園を選んだことを。薬に手を染める「健全なる青少年」が、売人を探して夜の公園に出没していることを。天神山高校のチンピラ生徒が、薬を求めてうろつくカモを、公園の片隅でぺろりとたいらげていることを。

星はうんざりしていた。古臭すぎるセオリーに則って、夜の公園で薬を売るヤクザ。その薬をのこのこ買いにくるガキ。ヤクザの仕事場で横合いからカツアゲするチンピラ。どいつもこいつも、頭が悪すぎる。

ジョギングを終えてマンションに帰り着いたときには、とうに七時をまわっていた。ふだんより十五分も遅い。規則正しい生活を心がける星にとって、トレーニングの邪魔をされるのは腹立たしいことだった。

だが、商売の好機をつかんだとも言える。

シャワーを浴びた星は、冷えたミネラルウォーターを飲んだ。飲みながら、広々としたリビングに置かれた観葉植物の鉢にも、片手で水をやる。ピンクの象の形をしたじょうろは、清海が買ってきたものだ。モノトーンでまとめたインテリアにはなはだそぐわないが、捨てるのも大人げないかと思って使っている。

植物に水をやるあいだに考えをまとめ、星は携帯電話を操作した。

「筒井《つつい》か。まだ寝てやがったのか、おまえは。まあいい。ヤクの仕入れを、今日から三割増しにしろ。ああ、大丈夫だ、さばける。岡山組はしばらく動けないはずだから。ああん？　三割ってのは三十パーセントのこと！　わかんなきゃ伊藤《いとう》に計算してもらえ。仕入れ量をまちがえたら、亀尾《かめお》川に流すぞボケ。ちがう。ヤクをじゃねえよ、てめえをだよクソボケ。はは。うん、うん、頼んだぞ。じゃあな」

俺の舎弟もたいがいの馬鹿ぞろいだな、まったく。星は仲間の顔をあれこれ思い浮かべ、ため息をついた。三割を三パーセントだと勘違いし、脅し文句を的確に汲み取る素養に欠け、直情的で喧嘩っ早い。それでも、切り捨てようという気持ちにはなれなかった。

ダメな子ほどかわいいというのは真実だ。

「って、所帯じみる年じゃねえんだけど」

携帯をジーンズの尻ポケットにつっこみ、キッチンで朝食の仕度に取りかかる。

出汁《だし》巻き玉子を作り、アジのひらきを焼いた。みそ汁の具は……、なめこがあったな。あれと豆腐でいいか。昨夜のうちにタイマーを仕掛けておいた炊飯器が、ちょうど出来上がりを告げた。よし、玄米もほどよく炊けたし、あとは夕飯の残りのほうれん草の白和《しらあ》えと、彩《いろど》りがちょっとさびしいから、トマトでも切ろう。

ダイニングテーブルに完璧なる朝食を並べ、星は寝室に向かった。

星にとっての「ダメな子」の代表格が、未《いま》だ目覚める気配もなく、すやすやと寝息を立てていた。

「清海、起きろ。八時になる」

ベッドのうえで一回転し終えたらしい清海は、星の枕にちゃんと頭を載せていた。自分の枕は、あいかわらず抱えたままだ。タオルケットは床に落ち、パンツ一枚の体がまたも丸見えになっている。

「清海」

「うーん」

「夏期講習に行くんだろう」

「ううーん」

肩に手をかけ揺さぶると、清海は肯定だか否定だかわからないうなり声を上げた。カーテンの隙間から射しこむ朝の光が、清海の形のいいおっぱいを照らす。星は色素の薄い清海の乳首を眺めた。けっこう舐めたり吸ったりしてるのに、あんまりでかくならないな。そう思った拍子に、そこを軽く歯で挟んだときの、清海の内部が示す反応の感触が蘇《よみがえ》った。

週二回がベストだが、それ以上が本当にベストではないのかどうか、常に確認してみる必要はある。

星はベッドに載り、清海に覆いかぶさった。掌で胸を包み、清海の細い顎先に嚙みつく。

「もう、星くん」

清海の腕が星の首にまわった。「起きるってば」

「どうぞ」

「起きらんないでしょ」

「なんで」

清海の脚を広げ、あいだに割り入らせた腰を押しつける。清海はおかえしとばかりに、まわした腕で肩を引き寄せ、星の右の耳たぶを食《は》んだ。清海の舌が、星の耳殻《じかく》に並んだピアスをたどる。

「怪我するぞ」

「じゃあどいて」

「あとでな」

「ばか」

と、よろしくやっていると、いままさに脱ごうと手をかけたジーンズの尻ポケットで携帯が鳴った。動きを止めた清海が目でうながすので、しかたなく取りだして通話ボタンを押す。

「はい星！」

「便利屋の多田です」

「亀尾川の藻《も》の養分になりたいのか？　いつもいつも間《ま》が悪いんだよ、おまえは！」

「朝早くにすみませんね。そちらに清海さんいますか」

多田便利軒には以前に一度、清海の身辺警護を頼んだことがある。だが、その後も清海と連絡を取りあっていたとは知らなかった。清海もなにを考えているんだか。運の悪い便利屋と親しくなどしたら、こっちのツキまで落ちそうだ。忌々《いまいま》しい。

星は身を起こし、「電話」と清海に携帯を放った。

「あ、便利屋さん。うん、元気元気。うっそ、マジで？　あれ、ホントだ。充電切れてたや、ごめーん」

ベッドに座りこんでしゃべりだした清海を置いて、星は寝室を出た。やはり週二回にしておけという、克己《こっき》の神のお告げか。くそ。

なめこと豆腐のみそ汁は冷めていた。あたため直し、椀に注いで食卓に並べる。服を着た清海がようやく現れ、

「わー、おいしそう。いただきます」

と箸を手に取った。顔ぐらい洗え、と思ったが、みそ汁を一口飲んだ清海が満足そうに目を細めたので、まあいいかと星も向かいの席につく。

「なんの用だったんだ」

「そうそう、あのね。猫を見にいくの」

「猫？」

起床して二時間あまりのうちに、早くも本日二度目のいやな予感が訪れるとは。眉間に皺を刻んだ星をよそに、清海はうれしげに箸を振る。

「うん。便利屋さんに頼んであったの。そしたら、飼い主募集中の子猫が見つかったって。でも、お昼にはべつのひとが見にくるかもしれないから、早めに来いって」

「念のため聞くが」

星は、アジの干物をほぐす清海のあぶなっかしい手もとを見て言った。「だれが、どこで飼うつもりなんだ？」

「えー？　私が、ここでだよ」

「あのな、清海」

とうとう箸を置き、星は椅子の背に身を預けた。「ここは俺の部屋だ」

「一緒に住んでるじゃん」

「おまえが入り浸ってるんだ。だいたい、猫を見にいくって、夏期講習はどうする。受験生だろ」

清海は聞こえないふりで、魚の脂で汚れた指を舐めた。星は追撃の手をゆるめなかった。

「まえから言ってるが、たまには家に帰れ」

「やだ」

「この部屋で猫は飼わない」

「どうして」

「毛が抜ける」

「私が掃除機で吸い取る」

「すぐ病気になる」

「バイトして獣医代を貯めるから」

「餌やりは。便所のしつけは。シャンプーは。ぜっっったいにおまえは猫の面倒なんて見きれないね。俺も暇じゃない。どうしてもって言うなら、自分ちで飼えばいい」

「ここが私のうちだもん！」

清海が椅子を蹴たてて立ちあがった。「星くんと一緒の場所が私の家だってわかってるくせに！　なんでそんな意地悪言うの、星くんのばか！」

目にいっぱい涙をため、清海は寝室に籠もってしまった。星はため息をつき、食卓を片づけた。キッチンでハムとキュウリのサンドイッチを作り、ランチボックスに詰める。

寝室のドアを叩き、

「清海」

と呼びかけた。「弁当作ってあるから。ちゃんと予備校に行けよ」

「うるさい！」

枕かなにかが、ドアにぶつかる気配がした。「悪いことばっかしてるくせに、ジョーシキ人ぶっちゃってさ！　母親かっつうの！」

「おまえの母親は娘とセックスすんのか」

再び、ドアの内側に柔らかい衝撃があった。

「そういう意味じゃないでしょ！」

なぜか残酷な気分になって、星は唇を歪《ゆが》めた。

「じゃあ、おまえの飯作ったり心配したり面倒見たりすんのが母親みたいだってのか。そりゃ知らなかったな。そういうことをしてくれないから、おまえは母親を嫌ってんだろうと思ってたよ！」

一瞬の間ののち、しゃくりあげる声が聞こえてきた。この世の終わりを目撃したかのように、悲痛な声だ。湧き起こった苦い思いを強《し》いて飲みくだし、星は部屋を出た。

エントランスの自動ドアが開くと同時に、夏の空気に押しつぶされそうになる。

あんなふうに言うつもりじゃなかった。母親に比せられて、つい頭に血が上った。

清海は未成年だ。高校最後の夏を、男の部屋で過ごすのは得策ではないと言いたかったのだ。しかも、まほろの裏の世界にどっぷり浸かりきった男の部屋だ。環境としては最悪だろう。

いや、ちがう。本当は、こう言いたかった。胸くそ悪いもんと一緒にするな。おまえの母親が、おまえを愛したことが一度でもあるのか。俺みたいに、おまえの幸せを全身全霊かけて願うことが一度でもあったのか、と。

清海からなるべく距離を取ろうとする気持ちと、いつもともにあって清海を大切にしたい気持ちとが、星のなかで入り乱れている。自制と自律を重んじる星をもってしても、両者のバランスをうまく保つのは難しく、しばしば舵取《かじと》りに失敗してしまうのだった。


「スコーピオン」と象《かたど》られたネオン管は、午前中の光のなかで見るとしょぼさが際立つ。

まほろ大通り沿いにある古ぼけたゲームセンターは、今日もガキの小遣いをまきあげるべく手ぐすねを引いていた。

チンピラと変わんねえな、俺も。

星はちょっと肩をすくめ、裏手の錆《さ》びた外階段から、ゲームセンターの二階に上がった。事務所として使用している室内では、三人の男がだべっていたが、星の姿を見ると直立不動の体勢になった。

「ちーす！」

「おう。筒井、連絡はしたか」

「はい！　すぐにまわすそうっす」

いかつい顔に似合わぬスーツを着た筒井は、暑さのせいだけではない汗をかいている。

「ん」

と星がうなずいてやると、やっと緊張を解いた。

「伊藤、帳簿」

「はい」

眼鏡をかけた細身の伊藤は、なにも知らないものからしたら、気弱そうな大学生にしか見えないだろう。星は受け取った帳簿を確認し、正確に記された数字に満足した。

電話とパソコンが載った事務机に向かい、星は仕事をはじめた。株価をチェックし、電話を数本かけ、メールで寄せられたまほろ近辺の裏社会の最新情報を頭に叩きこみ、また電話を数本かけた。そのあいだ、伊藤は電卓を片手に書類の山を切り崩し、筒井はソファでチリ紙を折っていた。

作業に区切りがついた星は、パソコンから顔を上げ、思わず目頭を揉む。

「筒井。おまえ、なにやってんだ、それ」

「花を作ってるっす」

「なんで」

「『コーヒーの神殿　アポロン』のマスターに頼まれたっす。『店内を飾る花を作ってくれたら、コーヒーを一杯おごる』って」

「いくつ作るんだ」

「百個っす」

筒井は太い指で、束ねた薄い紙を慎重に広げている。黒い湯のような四百円のコーヒーのために、幼稚園児じみた工作に勤《いそ》しむ男。

舎弟の価値観が星には理解しがたかったが、

「まあいい」

と視線を部屋の隅に移した。「金井《かない》、おまえはなんで棒みたいに突っ立ってるんだ？　気が散ってならないんだが」

星が入室したときからずっと、金井は直立不動のままなのだった。声をかけられ、金井の口もとがなにか言いたげに動いたが、結局は黙って屈強な筋肉を強張らせている。

「まあいい」

金井と意思を疎通させることも諦め、星は三人に向かって言った。「ヤクの市場《しじょう》に動きがありそうだから、おまえらも下のもんに、そう伝えておけ」

「どんな動きです」

伊藤が電卓を置いて身を乗りだしてくる。

「早晩、自然の森公園での取り引きがつぶされる。そのあいだに、こっちはいい思いができるってわけだ」

「へえ。どうやってサツをせっついたんです、星さん」

「ちょっとな」

と星は笑った。「いい機会だから、ついでに天神山高校のチンピラも絞めたいところだ。チョロつかれて、いいかげんうるさい」

「じゃ、俺がやつらの溜まり場を見つけるっす」

紙の花をまきちらし、筒井が意気込んでソファから立った。

「よし、任せる。いいか、おまえら。くれぐれも岡山組に、こっちの動きを悟られないようにしろよ」

「うっす」

と筒井と伊藤はうなずいた。それまで無言だった金井が、おずおずと挙手した。

「星さん」

「なんだ」

「俺は、星さんのボディガードです」

「そうだな」

金井はまた黙りこんだ。なんなんだよ。星がいらつくのを見て取ったのか、伊藤が通訳を買って出た。

「金井は、星さんが今朝、一人で出社なさったのがショックなんですよ」

「ああん？　べつに一人で来たっていいだろ。どうせマンションからここまで、歩いて五分とかからないんだから」

「俺は、星さんのボディガードです」

と金井はまた言った。伊藤が通訳する。

「『それでも、いつもは出社するときに呼んでくれるのに』と言いたいんでしょう」

あー、面倒くせえな。今朝は清海と喧嘩してて、おまえを呼んでる余裕がなかったんだよ。

星はそう言いたかったが、忠実なる舎弟の内心を慮《おもんぱか》ってこらえた。

「わかった、悪かったよ金井。今度から必ず、おまえに同行してもらう。それでいいか？」

金井はうれしそうだ。再び物言わぬ頑丈な棒と化し、ドアロに退いた。

なんかテンポがずれてんだよなあ。頭痛を禁じえなかったので、星はパソコンの陰に隠れ、両手でひそかに頭皮を揉んだ。

む、髪が伸びてきている。

「床屋に行く」

と宣言し、事務所を出た。星は頭髪が三センチ以上になることを好まない。

もちろん金井があとにつき従った。


「バーバー石井《いしい》」の主人は慣れたもので、金井が背後にぴったり貼りついていてもひるまない。

「じゃ、いつもどおり、全体的に五ミリ切らしてもらいますわ」

と、軽快に鋏《はさみ》をふるいだした。

星は、たりなかった睡眠をここで補おうと試みた。だが、どうもうまくいかない。目を閉じると、清海の顔がちらつく。まだ部屋で泣いているんだろうかとか、まさかヤケになって男を引っかけたりしてないだろうなとか、悪い考えが脳裏をよぎる。

「星さん、なんか悩んでるでしょ」

石井に言われ、目を開けた。鏡のなかで、白衣を着た石井と視線が合う。金井が「そうなんですか？」という表情で、星をうかがっている。

「悩みがないやつなんていねえだろ」

「まあ、そうだけどさ」

石井は、白いものの混じった口ひげをちょっとこすった。「ずばり、恋の悩みだ！」

星は顔面の筋肉を動かさなかったつもりだが、石井は「ふっふっ、当たったー。わかっちゃうんだよねえ」と得意気に胸を張る。

「肌がね、なんてーかこう、しまりのない感じ。もう、『しょぼーん』としてんの。そんなお客さんはたいてい、恋で悩んでるね、うん」

「うるっせえな。いつから占いの館になったんだよ、ここは」

「はいはい、黙って髪切りますよーっと」

星をやりこめたのがうれしいようで、石井は鼻歌を歌いだした。よりいっそう軽快に鋏が動く。

この町には、大人げないアホしか棲息していないのか。

内心で悪態をついた星は、ひげ剃りは断って店を出た。ぐだぐだ気にしているぐらいなら、一度マンションに戻って清海の様子を見てくればいいと判断したからだ。石井は慇懃《いんぎん》にお辞儀し、星を見送った。

太陽が真上から照りつける時刻になっていた。

大通りを行くものはみな、なるべく日陰と店から漏れるエアコンの冷気とをたどって目的地に着こうと、苦心している。けれど星は、通りの真ん中をまっすぐ歩いた。暑さに負けてふらつくことを、星は自分に許していない。いつでも、行きたい場所へ最短距離でたどりつくのを旨としている。

あともう少しでマンションというところで、携帯が鳴った。

「良《りょう》ちゃん？　ママだけど」

厄日《やくび》か。星は天を仰ぎ、

「ああ、なんか用？」

と声だけは穏やかに答えた。

「そんな言いかたしないで。特に用というわけじゃないけど、良ちゃんどうしてるかなと思って」

「ごめん。元気だよ」

星は片手を振って金井を遠ざけた。「ママは？」

「ママねえ、いまどこにいると思う？」

「ママ、悪いんだけど俺、昼休みでさ。飯食わなきゃならないから」

「あら、ちょうどよかった。ママ、まほろに買い物に来ててね。疲れちゃったから、アポロンで涼んでるところなのよ。良ちゃんもいらっしゃい。一緒にお昼食べましょう」

まほろ市民が、まほろ駅前に赴《おもむ》くことを「まほろに行く」と表現するのはなぜなんだろう。自分が住んでいるのも当然まほろ市内なのに、変じゃないか。たとえば中野区民も、中野駅前に赴くことを「中野に行く」と言うんだろうか？　言わない気がするぞ。もっと具体的に、「マルイで買い物」とか「サンロードをぶらつく」とか……。そうか、まほろ駅前には具体名を挙げるほどの建物も店もないから、「まほろ」と言うしかないのか。

星は絶望感をまぎらわすため、あえてどうでもいいことを考えた。まわれ右をし、アポロンを目指して、重い足取りで大通りを戻りはじめる。

金井はなにも問うことなくついてきた。


アポロンは、西洋の甲冑《かっちゅう》やら色あせたタペストリーやら鹿の首の剝製《はくせい》やらが所狭しと並べられ、ただでさえ装飾過多でわけがわからなくなっている喫茶店だ。そこへさらに、筒井がさっそく納品したらしい紙の花まで飾られていたので、星は頭だけではなく胃まで痛みだした。

胃痛の原因は、母親と対峙《たいじ》しなければならないことにもあった。

ハコキュー百貨店の買い物袋をかたわらに置き、星の母親はチョコレートパフェをつついている。星のまえには、母親がいらぬ気を利かせて頼んだタマゴサンドの皿がある。

星は観葉植物の合間から、離れた席に座る金井をうかがった。店に入るまえに千円札を握らせ、

「これで飯を食え。こっちのことは気にするな」

と命じたのだ。金井は言いつけどおり、窓際のテーブルで無心にハヤシライスを食べていた。

「良ちゃん、良一《りょういち》。どこ見てるの？」

怪訝《けげん》そうな母親の声に、星は急いで姿勢を正す。

「いや、べつに」

「ちゃんと生活できてる？　アパートにいつ行っても留守だけど、仕事が忙しすぎるんじゃない？　ママ、心配で」

「大丈夫だから、来なくていいよ」

どうせ、そこには住んでいない。表でさばけない商品を保管するために借りたアパートだ。

「あなたったら、せっかくいい大学に入ったのに勝手にやめちゃって、輸入家具の会社に就職だなんて。パパはまだ怒ってるわよ」

「真面目に働いてるんだし、親父ならいずれわかってくれるよ」

「どうかしらねえ。だってパパったら、うだつが上がらないくせにプライドだけは高いひとだもの。このあいだだってね、あのひとの背広のポケットから、なにが出てきたと思う？」

「なんだろう」

「マッチよ、マッチ！　女のひとがいるようなお店の！」

星は早くも、この会話が耐えがたくなってきた。精神を鍛錬するいい機会だ、と自分に言い聞かせても、どうにも苦痛でしょうがない。

「信じられる？　そんなのって、ママはお昼のドラマのなかでの話だと思ってたわよ。だってふつうは、見つからないようにちゃんと隠すなり捨てるなりしない？」

「そうだね」

「見つけちゃったからには、ママだって聞くわよ。『これはなあに』って。そしたらあのひと開き直って、『仕事のつきあいってもんがあるんだ。口を出すな』ですって。なーにをえらそうに。頭に来るでしょ、ねえ」

「そうだね、ママ」

「良ちゃん、おつきあいしてるかたはいないの」

どんな天啓を受けているのか、母親の話は縦横無尽に飛びまくる。

「残念ながら」

「じゃあ、節子《せつこ》おばさんに」

「いや、いいよ」

星はコップを手に取り、水道水で作った氷の入った水道水を飲んだ。「まだ二十歳《はたち》なんだから、紹介とか見合いとか結婚とか、そういうのは早い」

「そうだ良ちゃん、あなたなんで成人式に行かなかったの。ママ、写真撮りたかったのに」

行くわけねえだろ！　星は咆哮しながら、そこいらじゅうの置き物を蹴倒してまわりたかったが、氷を嚙み砕いて必死に体温を下げた。

「あ、トイレ空《あ》いた。ちょっと行ってくるわね」

「うん」

母親がトイレに消えるのを見はからい、星はサンドイッチの皿を持って席を立った。金井のテーブルに行き、ハヤシライスの空き皿に中身を移す。

「これも食っていいぞ」

「いただきます」

トイレから戻った母親は、

「おいしかった？」

と微笑んだ。

「うん、ありがとう。ママ、俺そろそろ昼休み終わるんだ」

「あら、もう？」

「ごめん、じゃあまた」

「ママも出るわ。あっ、良ちゃん。会計はママがするから、いいから、いいから」

と、レジまえでもひとしきりあって、ようやく解放されたときには、星は疲労困憊《こんぱい》していた。母親と顔を合わせるたびに費やすエネルギーに比べれば、毎朝十キロのジョギングなど、優雅な船旅をするようなものだ。

金井もアポロンから出てきたし、さて、今度こそマンションへ向かおう。

星はなんとか気を取り直し、大通りを歩きだした。また携帯が鳴った。画面には「飯島《いいじま》」と表示されている。岡山組の幹部だ。

大通りからマンションまで、今日は永遠に近い距離があるように感じられる。

「お世話になってます」

「よう、星。金貸しのほうも順調だそうだな」

「おかげさまで」

「うちの売り場を、サツにたれこんだやつがいる」

飯島はいきなり切りこんできた。星は動じず、

「大胆ですね」

と答えた。

「だれだと思う？」

「さあ」

飯島は試すような沈黙を投げかけてきたが、ヤクザの無言を怖れてはならない。余計なことは言わず、待つだけでいい。

ややして飯島は言った。

「チンピラ気取ってる天神山高校のバカどもだよ。知ってるか？」

勝ったな、と星はほくそ笑む。

飯島は星をかぎりなく黒に近いと思っているが、証拠も弱みも握らずに迂闊《うかつ》なことは言えない。だが、組のメンツをつぶされた落とし前はつける必要がある。そこで最適な子羊として、天神山高校のチンピラを選ぶことに決めた、というところだろう。

「面識はないですね」

「探しだせるか」

「やってみましょう。うちも、やつらには迷惑してたんで。探すだけでいいですか？」

ヤクザは高校生には手を出しにくい。そうとわかっていて、星はさりげなく水を向けた。

「二度とふざけたまねをする気にならんよう、よく言い聞かせろ」

「了解。夜まで時間をください」

事態は思いどおりに進んでいる。

通話を終えた星は、なんとも対処に困る母親のことも、どうしているのか気がかりだった清海のことも、すっかり忘れた。

岡山組に恩を売れたし、うるさいチンピラも一掃できる。いいことづくしだ。

筒井は溜まり場を見つけだしただろうか。まだだったら、はっぱをかけなければ。

スコーピオンまで戻った星は、裏階段のほうへまわろうとして、ふと足を止めた。店の外に置かれたＵＦＯキャッチャーの横で、見覚えのある男が見覚えのあるランチボックスを抱え、手を振っていたからだ。

便利屋の相方だ。名前は……、たしか行天とかいったな。

星が近づくと、行天はへらへら笑った。

「あんたいま、すっごい悪い顔して歩いてたよ。ひとでも殺しにいくのか？」

そうなるかもな、と星は声には出さず答えた。

「こんなとこでなにやってる」

「俺？　俺は日課の小銭拾い」

行天は屈託なく、ゲーム機と地面の隙間を指した。「けっこう落ちてんだよね」

ここまで克己とも向上とも無縁な人間の相手は、さすがにしていられない。さっさと本題に入ることにした。

「その弁当、どうした」

「清海チャンにもらった。食欲がないんだって」

「ふうん」

「嘘だよ」

行天はランチボックスから、サンドイッチを一切れつまみあげる。「捨て猫を拾ったお礼に飯をくれって、奪い取った。なんか元気なかったのは事実だけど」

「なんでもかんでも拾うおっさんだな」

からかわれたのが悔しく、星は行天をにらんだ。行天は怯《おび》えるふうでもない。

「あんた、料理うまい。キュウリの塩加減が絶妙」

などと言って、立ったままサンドイッチをもぐもぐ食べている。

またまた携帯が鳴った。

「星さん、いまどこっすか」

筒井からだった。「やつらの居場所を突き止めました。天神山高校の近くです」

「よくやった」

うしろに控えていた金井に指示する。「車まわせ」

「そのお守り、まだつけてるんだ」

と行天が言った。「よっぽど大事なんだね」

星は手にした携帯に視線を落とした。ストラップがわりにぶらさげている、白い布袋に入ったお守り。

行天がほのめかそうとしたことがなんなのか、星は気づかぬふりで駐車場へ向かった。

金井の運転するバンは、まほろ市中部ののどかな風景のなかを走った。

車内は静かだ。腕っぷしの弱い伊藤は、事務所に置いてきた。舎弟のなかで頭脳派と称せる数少ない人材を、暴力沙汰で使いものにならなくするわけにはいかない。

星は後部座席を独り占めし、窓から外を眺めた。日は傾きだしていたが、空はまだ青い。

早起きは健康にいいけれど、夏は時間をもてあますな。星はぼんやりと思う。ガキのころの毎日も、この感じに似ていた。ようやく暮れる空を見上げるころには、遊び疲れた肺が少し熱く痛い。

天神山高校の校舎が見えてきた。

「西門のほうにまわれ」

窓にも校庭にも人影はない。夏休みの学校に蟬の声だけが降り注いでいる。

西門のまえには、空き地が広がっていた。以前は畑だったのだろう空き地のそこかしこに、いまは廃材やタイヤが積みあげられている。

その一角に、ちょっとした工場だったと思《おぼ》しき廃屋があった。木造二階建て、といっても、隙間だらけの板壁にトタンの屋根を載せたようなものだ。二階部分はほとんど崩れているのが、外から見ただけでもわかった。

空き地に散らばる木片や錆びた釘を、バンのタイヤが音を立てて弾く。廃屋の正面、筒井が使っているセダンの隣に車を停めた。

金井を従え、星は廃屋に足を踏み入れる。

もっと薄暗いかと予想していたが、壁と天井のあちこちから日が射している。床はなく、小石まじりの地面に青々とした草が生えている。

百年は使われていない暖炉のように、壁際に灰色の機械があった。あとは工具と、チンピラたちが持ちこんだのだろう酒瓶やエロ本が、乱雑に置かれているばかりだ。

「ちーす!」

筒井と、筒井の三人の部下が、直立不動で威勢よく挨拶を寄越した。褒めてほしいときの小学生みたいに、顎をちょっと上向けている。

その足もとには、目当てのチンピラが八人、猿轡《さるぐつわ》を嚙まされ、後ろ手に縛られて転がっていた。べそをかいているもの、反抗の色を目に宿したもの、喉奥で抗議の声を上げるもの、さまざまだ。全員が若く、あまり賢そうではないことが共通していた。

「静かにしろ」

と筒井は言って、チンピラの腹に順繰りに軽く蹴りを入れた。静かにしていたものに対しても、平等な態度だった。

「怪我は」

星が尋ねると、

「してないっす」

筒井は蹴りを繰りだすのをやめ、また直立不動になって答えた。

「させてもないだろうな」

「あー。ちびっと」

「どれ」

星は身をかがめ、チンピラを検分した。何人かが、鼻血を出したり、目の端に痣《あざ》を作ったりしていた。

「こんなのは怪我のうちに入らねえよ」

星は筒井の肩を軽く叩き、筒井の部下にもうなずきかけた。「さすがだな。喧嘩はおまえらに任せるのが一番だ」

筒井は誇らしげに、鼻の穴を膨らませた。

「星さん。これからこいつら、どうしますか」

「そうだな」

星は、長年放置されていたらしい工具箱の蓋を開け、中身をあらためた。白く錆の浮いた大ぶりの錐《きり》を見つけ、手に取る。

「岡山組は、ちょっと撫でてやればいいと言ってる。でもそれぐらいで、こいつらがおとなしくなると思うか？」

「どうっすかね」

筒井の声が真剣味を増した。星の真意と意向を慎重に読み取ろうと、目は必死に表情を追っている。

「金井。おまえはどう思う」

「星さんのしたいようにすればいい」

「じゃ、正直に言おう」

星は笑った。「俺は、このクソどもがおとなしくなろうがなるまいが、どうでもいい。ただ、撫でるだけじゃあ、つまんないだろ?」

錐の柄《え》を逆手に握り、星はチンピラのまえにしゃがんだ。

「リーダー格はどいつだ」

筒井が指したのは、クリーブランド・キャバリアーズのTシャツを着た、ガタイのいい男だった。

「騎士《cavalier》? おまえが?」

星は男の顔を覗きこむ。「まあいい。壁に向かって立たせろ。あ、猿轡は取ってやれ。どうせまわりに家なんかないし、叫べたほうが楽だろうからな」

ガタイのよさでは負けていない筒井と金井が、男を引きずっていく。それぞれが男の肩を背後からつかみ、壁に押しつける。

猿轡をはずされると、男は罵《のの》りだした。

「星! てめえ、マジで覚えとけよ!」

「ちゃんと見てるか?」

星は残りのチンピラを振り返った。それから、身をよじって怒声を上げる男の髪を、左手でつかんだ。強く引いて、顔をのけぞらせる。

「さあ、キャブ。選ばせてやる」

あらわになった耳にささやいてから、星は男の右頬に錆びた錐を一息に突きこんだ。雄叫《おたけ》びとも悲鳴ともつかぬ声が迸《ほとばし》った。反射で跳ねた体を、筒井と金井が押さえる。男の口から血があふれたのを見て、星は汚れないように少し距離を取った。

男の声は長く尾を引いた。やっと低い嗚咽《おえつ》に変わったところで、星は再び男の背中に近寄り、刺したまま握っていた錐の柄をゆっくりまわした。

「貫通してるのがわかるだろう。わからない？　じゃあ、上顎をつついてやるよ、ほら」

血と涙と鼻水で汚れた男の顔を、星は横から観察する。しゃくりあげる声は、男も女も変わらないなと思った。

「落ち着いてきたか？」

星は優しく尋ねる。「キャブ、キャブ。そう泣くなって。選ばせてやるって言っただろ。安心しろよ」

「ほうひはい」

「ああん？」

「ほう、ひゃははひはひ」

「伊藤の通訳がいるな、こりゃ」

「『もう邪魔はしない』って言ってるんじゃないっすかね」

と、筒井が押さえつける力をゆるめずに言った。金井もうなずく。

「キャブ。おまえらがおとなしくなってもならなくても、どうでもいいって言っただろ。同じことを二度言わせんな」

星は男の額を壁に打ちつけ、また引き戻した。「いまから選択肢を言う。どっちがいいか、よく考えて答えるんだ」

男がかすかにうなずいたのを掌に感じ、星はわしづかみにした髪ごと頭皮を撫でてやった。

「一、このまま錐をおまえの唇の端まで移動させる。二、このまま錐をおまえの目尻まで移動させる」

男はまたもや悲鳴を上げた。激しく体を波打たせ、なんとか逃れようともした。

「おい、暴れてないで早く答えろ。一の場合、顔の片側だけだが口がでかくなるから、ものを食うのに便利だ。二の場合」

と、そこまで言ったとき携帯が鳴った。血のにおいの充満する廃屋に不似合いな、無機質な音が響く。

星はかまわずつづけた。今度こそ、絶対に電話に出ないと決めていた。

「二の場合」ピリリリ「、けっこう箔《はく》」ピリリリ「がつく傷跡」ピリ「がで」リ「きる」リピ「と思うが」リリリ「、勢いあまっ」ピリ「て眼球を潰」リリ。

「だーっ、うるさい！」

とうとう我慢の限界を超え、星は説明を中断した。「キャブ！　首の角度はそのままにしとけ。

俺の持つ錐が刺さってることを忘れるな」

男に注意を与えてから、左手を離す。ポケットで鳴りつづける携帯を引っぱりだし、星は着信者の名前を見た。

便利屋。

「べーんーりーやぁあ！」

通話ボタンを押すと同時に、星は屋根のトタンが落ちてもおかしくない音量で怒鳴った。「ここが終わったらすぐ貴様の眼球にも錐突き立てにいってやるからちょっと待ってろぉ！」

「ごめんね、星くん」

と清海の声がした。「あの、なにしてるところ？」

「え、清海か」

予想外のことに、星はトーンダウンした。「いや、べつにたいしたことはしてない」

錐の柄を支えるのも忘れ、壁際を離れる。かわりに金井が、男の頬から半端にぶらさがった錐を持った。

「どうして便利屋の携帯からかけてくるんだ」

「私の携帯、充電器に差したまま持って出るのを忘れちゃった。いま、ちょっといい？」

「ああ」

「あのね、かわいいトラ猫なんだよ」

「清海。飼わないって俺は言ったよな」

「うん。だから今日、家に戻ってみた。お母さんに、『猫飼っていい?』って聞いた。そしたら、『好きにしなさい』って。お母さんは、この猫がどんな模様だかも知らないよ。私がどんな服着てたかも。見なかったから。一度もこっちを」

清海の声が途切れた。星は黙って、電波を通してかすかに伝わる小さな泣き声を聞いていた。

「星くん。一緒にいたい」

星は、空いた右手を広げた。指を曲げて掌をこすると、乾いた血が剝落《はくらく》した。

なあ、俺はいま、人間の頰を縦に切り裂くか横に切り裂くか、考えてるところなんだよ。脅しじゃなく、本当にやるつもりでいる。だから一生懸命、どっちのほうが残酷かなと考えてるところなんだよ。

「俺もだ」

廃屋はいつのまにか真っ赤に染まっていた。

板壁の隙間をゆっくりよぎる夕日。

と星は言った。でもそれはもしかしたら、声にはなっていなかったかもしれない。

「星くん?」

「もうすぐ帰るから、待ってろ」

「どこで?」

「マンションの」

部屋と言いかけ、やめた。「うちでだよ」

「うん！　でも、猫が」

「今晩だけ猫を泊めてやる。明日になったら、便利屋に返しにいけ」

「えー、やだ！」

「俺まだ、仕事が途中だから。あとでな」

「私との話だって終わってないよ。星くん、いつもちょっと勝手じゃない？　ねえ！」

どっちがだ。星は笑い、通話を切った。ついでに電源も落とす。早くこうしておけばよかった。

「待たせたな」

壁際の男のもとに戻ったとき、太陽が遠い山の向こうに沈み、廃屋は薄青い闇に包まれた。

星は錐の柄をつかんだ。ぼんやりと白く光るものが目の端に映る。左手に持ったままだった携帯電話。そこに提《さ》げられたまほろ天神のお守り。清海と初詣《はつもうで》に行って、おそろいで買った。ばからしいと思いながらも、いまもつけている。

男の頬から、星は錐を抜いた。


一晩だけとはいえ、餌も便所の砂もいるだろう。固形の餌と猫用ミルクのどっちが必要なんだ。毛皮の柄より、どれぐらいの大きさなのかのほうが重要な情報なのに、清海はそれについてはなにも言わなかった。あいつは本当に猫を飼う気があるのか？

あれこれ迷って猫用品を買いこんだせいで、星が帰宅したのは九時を過ぎていた。

「おかえり！」

清海はダイニングテーブルで、英語の長文問題に取り組んでいるところだった。「すごい大荷物」

袋の中身を覗いた清海は、うれしそうに笑った。

「これが一晩ぶん？」

「ああ。猫は」

「ここ」

清海の隣の椅子で、子猫が丸くなって眠っていた。「シマちゃん。推定、生後三カ月」

「センスないな」

「呼びやすくていいじゃん」

星は清海が作ったカレーライスを食べ、テレビを見たり英文和訳を手伝ったりして過ごした。

午後十一時をまわったところで、リビングで日課の夜の鍛錬に取りかかる。

腕立て伏せと腹筋を百回ずつ。腕立て伏せを五十八回まで数えたとき、清海はあくびをし、「おやすみ」と猫を抱いて寝室に消えた。

「おい、そいつをベッドに入れるなよ」

「なんで」

「おまえが回転する凶器だからだ」

と、星はつぶやいた。

シャワーを浴び、炊飯器に朝食の玄米をセットする。

猫のために買ってきた籠に、古くなったタオルケットを折り畳んで敷いた。籠を持って寝室へ行くと、猫はまだ、圧死からぎりぎり免《まぬが》れる位置にいた。

「間一髪」

星は猫をつまみ、床に置いた籠に移す。それから、またもパンツ一枚で大の字になっている清海を抱えあげ、ベッドの半面になんとか自分の寝場所を確保した。

「うーん、シマは？」

「無事だ」

枕に頭を落ち着けた星は、隣のぬくもりをそっと抱き寄せる。

「星くん、今日はちょっと疲れてるみたい」

「そうか？」

「仕事が大変だった？」

星は一日を思い返してみた。

「いや、特には。ああ、でも、母に会った」

「それだ」

星の首もとに額を押し当て、清海はくすくす笑った。「なんでそんなにお母さんが苦手なの？」

「五分も話してみればわかる」

「いやなひとのわけないと思うけどな。星くんが優しいのは、お母さんが大事に育てたからだよ」

生育環境と優しさの因果関係は、そう単純なもんでもないだろうし、だいいち俺は優しいか？

急速に眠りの世界に引きこまれていく清海を感じつつ、星は暗い天井を見上げていた。

そうだ、日記を書いていなかった。

清海を起こさぬよう、そろそろと腕をのばして読書灯をつけた。枕もとの小卓には、十年日記が置いてある。仰向けのまま日記帳を手に取り、本日の日付のページを開く。

日記は今年で十年目だ。すでに書きこみを終えた九つぶんの同月同日の記録を、星は順に眺め下ろした。そして一番下、今年のぶんの日付欄に、もう何千回も書いた言葉をまた記した。

「いつもと変わらず」

ちょっと考え、めずらしく書き加える。

「シマ来る」

日記帳を小卓に戻し、明かりを消す。

清海は眠っている。猫も眠っている。

星は目を閉じた。

まほろ駅を発車した最終電車の響きが、夜の彼方へ遠ざかった。

思い出の銀幕

「まほろばキネマ」の菊子《きくこ》といったら、町で知らぬもののない看板娘だ。

「原節子だって目じゃないぐらいべっぴんだ」

と、大工の公三《こうぞう》は言う。

「あらやだ、公おじさん。お世辞言ったってだめ」

もぎりをしながら軽くいなすと、

「世辞じゃあないよ」

公三は照れ笑いしながら、懐から財布を出して券を買った。

公三は、昨年公開された『わが青春に悔《く》いなし』を気に入って、もう三回も見にきている。公三ばかりではない。町のだれもかれもが、乏しい金をやりくりし、せわしない暮らしの隙間を縫って、連日「まほろばキネマ」に押し寄せた。

大正時代に菊子の祖父が建てた映画館は、いま見てもモダンな洋風二階建てだ。石造りのビルヂングの外壁はなめらかに丸みを帯び、腰の高さまで青いタイルがはめこまれていた。入口には、色鮮やかな幟《のぼり》が風に翻《ひるがえ》る。「大作名作揃い踏み！」。両開きのガラスドアは木枠で、開閉するときに蝶番《ちょうつがい》がかすかに軋む。ドアをくぐると小さなロビーがあり、赤い絨毯《じゅうたん》が敷きつめられている。

上映まえは、菊子はロビーに立ってもぎりをしたり、売店でソーダ水を売ったりする。上映中は、ロビーや便所の掃除、売り上げの集計、次回上映作品の検討をしなければならない。菊子と、館主兼映写技師の菊子の父親だけで切り盛りしているので、するべきことは山ほどある。

それでも、ふと空《あ》いた時間には必ず、二階の映写室からスクリーンをこっそり覗き見る。『わが青春に悔なし』も、仕事の合間に細切《こまぎ》れにではあったが、通算で五回は見た勘定になるだろう。銀幕の原節子はうつくしかった。公おじさんが夢中になるのもよくわかる。泥まみれになってなお輝く、ヒロインの表情。ニュース映画でも国威高揚映画でもない、待ち焦がれていた映画本来のドラマの輝きが、そこには満ち満ちている。

もぎり台の角でソーダ水の栓を抜き、公三にそっと渡した。

「おや、悪いね。なんだかキクちゃんがイングリッド・バーグマンに見えてきた」

「ばかなことばかり言って」

菊子は笑って、公三の肩を客席のほうへ押しやろうとした。公三はしかし、物思いにふける様子でその場に留《とど》まる。

「キクちゃん。建材店の倅《せがれ》はどうだい」

公三は菊子が幼いころから、実の娘のようにかわいがってくれている。冗談を言いながら、いつも菊子を気づかってくれる。

菊子は黙って首を振った。公三はため息をつき、すぐに気を取り直したように、

「そのうち帰ってくるさ」

と慰めた。

上映開始を告げるブザーが鳴り、ロビーには菊子だけが残される。

私は原節子にはなれない。「まほろ小町」なんて呼ばれてはいるけれど、もちろん顔だけの問題じゃない。『わが青春に悔なし』のヒロインとちがって、新しい生活を切り拓《ひら》く勇気がない。ただ待っているだけ。彼を本当に好きなのかどうか、いまとなっては定かではないのに、生活が変わる日を黙然と待っている。

菊子は券をそろえて束ね、ロビーの隅にある大きな床置きの時計を見た。いけない、そろそろマーケットへ夕飯の買いだしにいかなくちゃ。

ガラスドアを開けると、夏の夕暮れの風が二の腕に触れた。


「なんの話がはじまっちゃったんだ?」

と行天が首をかしげた。

「どうやら、なんらかの回路がつながったらしいな」

と多田はつぶやいた。

曽根田《そねだ》のばあちゃんを車椅子に乗せ、まほろ市民病院の中庭を散策中である。夏の風吹く夕暮

れからは程遠い、うだるような真夏の昼下がりだ。行天は黒いこうもり傘を、日傘がわりにばあちゃんに差しかけている。車椅子を押す多田は、ばあちゃんのために麦茶の入ったペットボトルを持参している。

「この暑さが、脳によくないんじゃないかな」

行天がさりげなく失礼なことを言った。多田も内心で、「そうかもしれない」と思わなくもなかったので、車椅子をケヤキの木陰に移動させた。あとを追うこうもり傘の影が、力をなくした草のうえでゆらゆら揺れる。

ペットボトルにストローを差して渡すと、ばあちゃんはぬるくなった茶を半分ほど一気に飲んだ。そのときだけはさすがに黙っていたが、ストローから口を離したとたん、また若いころの話をしはじめる。

「あー、ちょっと。ちょっと待って」

行天が傘を閉じ、ばあちゃんのまえにしゃがみこんだ。「『まほろばキネマ』ってさ、俺は聞いたことないんだけど、どこにあったの」

「ハコキューまほろ駅のすぐ近く」

と、曽根田のばあちゃんは言った。「二階の窓から、まほろ駅のとんがり屋根が見えた。踏切を隔《へだ》てて、曽根田建材店があるあたりだよ」

「とんがり屋根？」

現在のハコキューまほろ駅は、よくある巨大な箱型の駅舎だ。行天が疑問いっぱいの目で、多田に助けを求めてきた。多田は仕事柄、まほろ市に住む老人の話を聞く機会が多い。なんとか推測をつけることができた。

「たしか昭和三十年代までは、どっしりした山型の駅舎だったはずだ。いまの曽根田工務店も、戦後しばらくは建材店だったと聞いたことがある」

「てことは、『まほろばキネマ』は第二踏切の近くにあった映画館なんだな。ばあさん、それで合ってる？」

行天が聞くと、ばあちゃんはこっくりうなずいた。

曽根田のばあちゃんが映画館の娘だったとは知らなかった。色事全般に興味の薄い行天は気づいていないようだが、多田はいまの会話から、「まほろばキネマ」の所在地に完璧に目星がついた。「ニューまほろロマン」というピンク映画専門の映画館があった場所だ。多田は高校生のころ、よく通っていた。だが、建物はモダンとはかけ離れた、そっけない灰色のビルだった。両開きのドアも青いタイルもなかった。

「ニューまほろロマン」は十年ほどまえに閉館し、跡地にはマンションが建っている。ばあちゃんの話では、「まほろばキネマ」は老いも若きも安心して楽しめる映画館だったようだ。なにがどうなって、「まほろばキネマ」が「ニューまほろロマン」に変貌したのか、よくわからない。映画産業が衰退したころにでも、持ち主が変わったのだろう。

「それにしても、原節子って。ばあさん、ふかしすぎでしょ」

明確に失礼なことを言って、行天は笑った。ばあちゃんは不服そうに口を尖《とが》らせた。皺だらけの大福のような頬が、少し膨らむ。

「嘘じゃないよ。若いころの私は、まほろの殿方《とのがた》にそりゃあ人気だったんだから」

「へぇー、ふーん」

行天はにやにやし、しゃがんだ体勢のままばあちゃんを見上げる。「どんな殿方に。公おじさんってひと？」

「ばかにして。公おじさんは、六十の後半だったよ」

ばあちゃんはそこではじめて気づいたように、行天の顔をじっくり眺めた。「おや、あんたにちょっと似てた気がするね」

「公おじさんが？」

「ちがうったら。私のろまんすのお相手だよ。若くて陰があって、そりゃあいい男だったんだから」

「いい男だとさ」

と、多田は行天をからかった。

「原節子のおめがねにかなって光栄だ」

と、行天は棒読みで言った。

「あんた、名前は？」

ばあちゃんが最前からとろけそうな視線を寄越すので、さしもの行天もややたじろぎ気味だ。

「行天」

「私のろまんす、聞きたいかい」

「べつに」

「遠慮しなくていいよ。私が行天とはじめて会ったのはね……」

「なんで俺なんだよ」

「だって、もう半世紀以上まえのことだもの。お相手の名前は忘れちゃったので、仮に行天ってことにします」

ばあちゃんは独り決めした。恥ずかしそうだ。本当に名前を忘れたのではなく、大切に心にしまっておきたいのだろうと多田は思った。


敗戦から二年が経ち、まだ完全にとはいかないが、ひとも町も活気を取り戻しつつあった。

横浜中央交通のボンネットバスが、警笛を鳴らしながら、まほろ大通りの人混みのなかを徐行運転している。菊子は乾物屋の軒下に入って道を明け、通りすぎるバスを見送った。なにが楽しいのか、子どもたちがバスのあとをついてまわっていた。犬の子のようにもつれあいつつ、笑顔で走っていく。

道の両側に一時退避していた人々は、バスを通すと再び、大通りに満遍《まんべん》なくあふれだした。復員兵らしき若い男を見かけるたび、菊子は振り返ってたしかめずにはいられなかった。ため息をつき、行く手に向き直る。水玉の袖なしワンピースを着た若い女が、和装の母親とともに、八百屋の露台を熱心に眺めていた。

居心地の悪い気持ちで、足もとに視線を落とす。建ち並ぶ商店が打ち水をしても、未舗装の道から立ちのぼる砂埃はいかんともしがたい。下駄にすげた紺絣《こんがすり》の鼻緒が、白く汚れていた。地味な半袖のブラウスと、自分で仕立てたなんの変哲もない紺のスカート。こんな恰好では、あのひとが帰ってきても、がっかりさせてしまうだけかもしれない。

マーケットのほうから、にぎわいの気配が伝わってくる。菊子は卑屈な思いを急いで打ち消した。いまは夕飯の買いだしをするのが先決だ。お酒が少しでも手に入れば、父親を喜ばせることができるのだが、はたして今日の値段はいくらぐらいだろう。そろそろ酒類は統制をはずれ、自由販売になるという噂だが、出まわる量はまだ少ない。

まほろ町は辛くも戦災を免れた。東京を焼け野原にした米軍の爆撃機も、農家が大半の小さな町までは気がまわらなかったのだろう。

ただ、戦争が終わる年の春に、まほろ駅前で火事があった。省線のまほろ駅近くを中心に、通りに並んだ店の六割が焼失する大火災だった。白昼の出火だったので死人が出なかったのは不幸中の幸いだが、戦争で心身ともに疲弊していた町の住人に、最後の一撃を加えたことに変わりはない。

たとえ爆撃を受けなくとも、戦争は暮らしに影を落とす。ハコキューまほろ駅で、省線まほろ駅で、菊子は出征するまほろの男を何度も見送った。

彼らは、軍人ではなかった。顔なじみの近所のおじさんであり、友だちのお兄さんであり、生まれたときから同じ町で一緒に暮らした人々だった。それなのにある日突然、万歳の声に送られ兵隊の恰好で電車に乗らなければならない。

　許嫁《いいなずけ》の曽根田建材店の息子が出征するとき、菊子はもうたくさんだと思った。大きな声では言えなかったが、早く終わればいいと思った。こんなばかげたことは。

「まほろばキネマ」では戦時中も、官憲の目をかいくぐって外国映画や古い日本映画を上映していた。戦争のごたごたで配給元に返しそびれたフィルム。「まほろばキネマ」と同じく、地下上映をつづけていた横浜の名画座から借りたフィルム。灯火管制で真っ暗な夜、秘密の銀幕が白い光を帯びる。町の住民が、映画館の裏口からひっそりと入ってきて席につく。

『大学は出たけれど』『河内山宗俊《こうちやまそうしゅん》』『鴛鴦歌合戦《おしどりうたがっせん》』、『嘆きの天使』『暗黒街の顔役』『街の灯』。平和な日々が、胸躍る活劇が、喜びと非情が、そこには描かれていた。

　菊子が特に好きだったのは、『或る夜の出来事』だ。まだふつうに外国映画を見ることができたころの、最後の良質な上映作品のひとつだった。深夜の秘密上映会で、菊子は食い入るようにスクリーンを見つめた。小気味よく喧嘩する男女。すばらしい恋。さびれたホテル。アメリカ。公開時にもときめきながら許嫁と見た作品が、そのときにはすべて遠く感じられた。

　戦争が終わっても、帰ってこないひとは多かった。許嫁も帰ってこない。生死もわからない。待つしかない。

　火災で焼けた商店街は、しばらく手つかずのままだった。町に残された老人と女子どもだけでは、消火活動すらおぼつかなかったほどだ。気力も体力も資力もなく、バラックを建てて営業を再開する店がちらほらあるのみだった。

様子が変わったのは、一昨年の八月十五日以降だ。復員してきた男手と、まほろの外からやってきた流れものによって、バラックは瞬く間に増築されて軒を連ね、マーケットを形成した。川の向こうの神奈川県にあった陸軍の飛行場が、進駐軍に接収されたことも大きかった。省線まほろ駅の線路の反対側には、たちまち街娼が立つようになった。歓楽街を仕切る筋もの、娼婦をつれた米兵が、まほろ大通りにもやってきた。警官が取り締まっても取り締まっても、マーケットの闇物資は飛ぶように売れた。

闇で買わなければ、食うにも事欠くのだからしかたがない。

菊子は買い物籠に入れて持ってきたからの一升瓶に、精米を半分だけ注いでもらった。怪しげな白身魚のぶつ切りも買ったし、今夜は大根と魚の煮付けにすればいい。さて、どこかの店の隅で、密造酒を安く売っていないだろうか。

「キクちゃん、いい古着が入ったよ」

「こっちで雑誌を見ていったら」

ほうぼうの店からかかる声を笑顔でかわし、菊子はバラックの合間の細い通路を、奥へ奥へと進んでいった。

まほろを根城にする岡山組の采配で、マーケットにはついさきごろアーケードがついた。アーケードといっても、通路の頭上にトタンを張りめぐらせただけのものだ。たしかに雨の日の買い物は楽になったが、今日のように晴れていると、風が通らず蒸し暑い。

通路の真ん中で立ち止まり、額に浮いた汗をぬぐった。そのとき、背後から迫ってきた足音の持ち主が、通りすぎざま菊子の腕を強く引いた。

菊子は小さく悲鳴を上げ、よろめいた。かっぱらいかと思い、空いていた手で咄嗟《とっさ》に買い物籠を押さえる。

「失礼、ちょっと匿《かくま》って」

男の低い声がした。引きずられるまま、菊子はマーケットの脇道――細い路地の入口に、蓋のように立たされた。男は菊子の背後、路地の暗がりにしゃがんだようだ。

「どこ行きやがった!」

怒号とともに、一目でチンピラとわかる男が三人、通路を走ってきた。腹立ちまぎれに、金物屋のたらいを蹴飛ばしている。買い物客も店主も身をすくませ、男たちの動向をうかがった。

チンピラは菊子にも遠慮のない視線を浴びせかけ、

「おう、ねえちゃん。若い男がこっちに来ただろう」

とすごんだ。菊子は右腕を上げてマーケットの反対側の出入り口を指し、

「走っていきました」

と震える声で答えた。

三人の男が通路のさきに消え、マーケットはようやくもとの平穏を取り戻した。

「あの……、行ったようです」

菊子はおそるおそる路地を覗き、騒動の原因らしい男の姿をようやくちゃんと見た。

バラックの壁に背を預けてしゃがんだ男は、いつのまにやら悠然とピースをふかしていた。煙

を吐いて腰を上げ、

「迷惑かけたな、お嬢さん」

と笑いかけてくる。年は菊子より少しうえぐらいだろう。白い開襟シャツに黒いズボンで、堅気に見えなくもないが、削《そ》げた頰のあたりに崩れた生活の気配がぬぐいがたく漂っている。ただ、濡れたように真っ黒な目には、たしかな知性の光があった。

「お詫びにコーヒーでもおごろうか」

「けっこうです」

警戒して身を引きかけた菊子は、男の腕から血が出ているのを見つけた。「あなた、怪我してるわ」

「ああん?」

男は言われてはじめて気づいたらしく、腕に走った赤く細い線を舐めた。「あいつら、ちゃちな刃物振りまわしやがって」

あまり近づきになりたくなかったので、手当てを申し出るのはやめておいた。かわりに、買い物籠に入っていた手ぬぐいを差しだす。

「使ってください」

「いいよ、舐めたから。それより、コーヒーでも飲まないか」

「けっこうです」

と、もう一度菊子は言い、男に手ぬぐいを押しつけた。「それじゃ」

「あんた、名前は？」

男が背後から問いかけてきたが、無視して足早にもと来た道を戻る。「俺は行天。また会おう」

冗談じゃない。チンピラに追われるような男に、また会ってたまるもんですか。菊子はそう思ったのだが、よく考えたら手ぬぐいは、「まほろばキネマ」と染めてあるものだった。

父親は酒抜きの夕飯を食べているとき、「なんかあったのか」と目ざとく尋ねてきた。

「どうして？」

「どことなく浮かれてるようだから」

「浮かれてなんていません」

「なら、いいけども」

父親は茶を飲み干し、「よっこらしょ」と立ちあがる。一巻目のリールがまわり終えるまえに、映写室に戻らなければならない。食事中は、映写室の出入り口には暗幕を垂らしてあるのみで、常にドアは開け放たれている。万が一、映写機が発火したりフィルムが切れたりしたら、すぐに駆けつけられるようにするためだ。母親が生きていたころから、菊子の家ではゆっくり食事ができたためしがなかった。

「菊子。おまえもう、二十八だろ。新しい縁談を考えたって、罰は当たらねえよ。曽根田さんも、それでいいって言ってくれてる」

「やめてよ、お父さん」

「啓介がこんなに戻ってこないとわかっていりゃあ、出征するまえに祝言あげさせてやったんだがなあ」

「啓介さんは帰ってきます」

菊子はあえて微笑みを浮かべ、気丈に言いきった。「心配しないで」

父親を映写室へと急《せ》かし、菊子は洗い物をすませてから二階の自室に引きあげた。机の引き出しには、幼なじみで許嫁の啓介の写真がある。気心の知れた男は、いつもどおりほがらかな笑顔を向けている。

早く帰ってきて。そうじゃないと私、啓介さんの笑顔以外の表情を忘れてしまいそう。

夕方にマーケットで会った、行天と名乗る男の顔が浮かんだ。菊子の腕をつかんだ強い指の感触。赤い血。薄い笑みをたたえ、菊子を見た暗い夜の色をした目。

まさか映画館に来たらどうしよう。菊子は落ち着かぬ気持ちで数日を過ごした。


「あー、ちょっと。ちょっと待ってください」

と、今度は多田が言った。「チンピラに追われてたヤクザもんらしき男を、仮に行天と呼ぶのは、まあいいとしましょう」

「よくないよ。なんで俺がヤクザもんなんだよ」

と、行天がつぶやく。

「しかしなぜ、許嫁の名前が啓介なんですか。許嫁と結婚したから、いま曽根田さんは『曽根田さん』なんでしょう？」

「うん」

と、ばあちゃんはうなずく。

「ということは、話に出てくる許嫁は、曽根田工務店の先代の社長でしょう？」

「うん」

「名前はたしか、徳一《とくいち》さんだったはずですよ！　全然啓介じゃない！」

「まあいいじゃないの」

ばあちゃんは歯のない口でもごもご言った。「私の旦那の徳一は、ちょっとあんたに似てたから」

どこがだ。多田は三年ほどまえに死んだ徳一老人を思い浮かべた。矍鑠《かくしゃく》としてはいたが、禿《は》げてて頑固そうだったぞ。

多田の考えを見透かしたように、

「気が優しくて要領の悪いところがさ」

とばあちゃんはつけ加え、行天が「ひゃひゃひゃ」と笑った。

「あんたは、多田啓介さんでしょ？　便利屋の」

めずらしく回路がつながったばあちゃんは、今日は多田を便利屋の多田として認識できているようだ。

「そうですけれど」

と多田は言った。

ばあちゃんが多田を、自分の息子だと勘違いするか、息子の代理で見舞いにきた便利屋だと正確に把握するか、最近では半々の割合だ。以前は完全に、多田を息子だと思いこんでいたのだが、行天が入院した際に、「便利屋の多田」としてばあちゃんと会って以降、ばあちゃんの意識になんらかの変化が起こったようだ。

多田にしてみれば、ばあちゃんに「便利屋の多田」だとわかってもらえるのは、うれしいことだった。ばあちゃんの息子のふりをして見舞うのは、仕事とはいえ、だましているようで後味が悪い。

「じゃあ、話のなかでは仮に、曽根田建材店の倅は啓介って名前にしようじゃないか。文句ないだろ」

ばあちゃんに押し切られ、文句はあったが無理やり言いくるめられた。

「まほろにも闇市があったんだね」

行天はばあちゃんの話に引きこまれたようで、興味深そうに質問した。

「あったよ。けっこう大きかった。区画整理でほとんどがビルになったから、いまの仲通《なかどお》り商店街のあたりに、少しなごりがあるぐらいだけれど」

ばあちゃんに教えられ、「ふうん」とうなずいている。

まほろ駅前の風景は、ここ二十年で劇的に変わった。「省線の反対側」では、いまはルルやハイシーが細々《ほそぼそ》と商売している。米兵に人気の歓楽街として栄えたころのことは、多田も仕事相手の老人の昔語りで漏れ聞くばかりだ。

「それで？　ヤクザもんの行天は、『まほろばキネマ』に来たの？」

行天が水を向けると、

「来たよ」

とばあちゃんは言って、ケヤキの枝を見上げた。夏の日射しだけは半世紀以上まえと変わらず、午後の地面に降り注いでいた。


「よう、お嬢さん」

行天が「まほろばキネマ」にふらりと現れたのは、マーケットで出会ってから一週間ほどしたころだった。菊子はもう、行天は来ないだろうと思いはじめていたので、売店にはたきをかける手を驚いて止めた。

「先日は世話になった」

行天はズボンのポケットから、折り畳んだ手ぬぐいを出した。血の染みは残っておらず、洗濯されアイロンまでかけてあった。

きっと、女のひとと住んでいるんだわ。そう思った菊子の胸は、なぜだか苦しくなった。

「ご丁寧に」

手ぬぐいを受け取り、話はそれまでとばかりに、もぎり台に移動する。行天は帰るそぶりもなく、壁に貼られたポスターを眺めている。上映がはじまっているので、ロビーにはほかに客の姿はない。落ち着かない気分で、菊子は表の人通りをガラスのドア越しに見ていた。

もぎり台に影が差し、顔を上げると行天がすぐまえに立っていた。足音も気配もない。

「お嬢さん」

行天の余裕のある態度も表情も気に入らず、菊子は思わず、

「お嬢さんなんて、やめてください。田中《たなか》です」

と言った。

「田中、なに？」

「……菊子」

「キクちゃん、俺に礼をさせてくれないのか」

なれなれしく「キクちゃん」などと呼ばれ、怒ってもよかったのだが、行天の邪気のない笑みにつられて、菊子も笑ってしまった。

「お礼って、コーヒーでしょ？」

「そう。大通りに、『カフェー　アポロン』って店が開店しただろ。もう行った？」

「行ってないけど、行きません。男のひととカフェーなんか行ったら、近所のひとになんて言われるかわかったもんじゃないもの」

「キクちゃん、いくつ」

「数えで二十八」

「へえ。まだ二十二、三かと思ってた。俺はこういうの、あんまりはずさないんだけど、あんた若く見えるんだな」

見え透いている。手慣れた口ぶりだ。だが行天のやわらかく細められた目は、いかにも真剣そ

うに、でもちゃんと、「いたずらを仕掛けてるよ」という合図も発していて、罪がない。菊子はやはり笑ってしまった。菊子の雰囲気がゆるんだので、行天もうれしそうだった。

「カフェーに行くぐらいいいじゃないか。やっぱり亭主持ちなのか」

「許嫁がいるわ」

「どこに」

急に現実を思い出し、菊子はうつむいた。

「戦争に行って……」

行天は事情を察したのか、それ以上は尋ねてこなかった。ロビーにある時計の振り子に合わせ、もぎり台に置かれた行天の手がコツコツとリズムを刻んだ。節の目立たない、長くうつくしい指をしていた。

「いま、なにやってんの」

「仕事よ」

「そうじゃなくて、映画」

「ああ」

菊子は「まほろばキネマ」の上映予定表を見せた。『或る夜の出来事』。一週間、夕方と夜の上映回にはこれがかかるの」

「ジェリコの壁」

「なんだ、もう見たのね」

「戦争に行くまえに」

行天も戦地から戻った男なのか。菊子は思った。この年代なら、よほどの事情がないかぎり徴兵されただろう。行天が帯びるかすかな翳《かげ》りに、いまどこでどうしているかもわからぬ啓介の身の上を重ね、菊子の呼吸はわずかに乱れた。

菊子の内心に気づいたのか否か、行天は口調を変えず、

「いい映画だ」

と言った。「俺は好きだな。キクちゃんは？」

「とても好き」

と菊子も言った。映画について話しているのではないような気がして、動悸《どうき》が激しくなった。

「また来る」

もぎり台から手が離れ、行天は振り返らずに、ガラスドアから通りへ出ていった。


次に行天が現れたのは、二日後の夜の上映回のことだった。

ロビーには人目があったので、お互いに素知らぬふりで券を売り買いした。行天は札と一緒に紙切れを菊子の手に渡した。「明日午後三時、駅前広場で」と書いてあった。菊子は紙をスカートのポケットに押しこんだ。汗で湿った掌を、ついでに生地にこすりつけてぬぐった。

終映を待たずに自室に籠もったので、映画を見た行天がどんな顔で帰ったのかは知らない。菊子は啓介の写真を眺め、引き出しに伏せて戻した。

すでに裏切りを犯したかのように、寝苦しい夏の夜だった。

迷いながらも翌日、駅前広場へ行った。ちょうど午後の上映がはじまったばかりだから、一時間ほどは自由の身だ。映写室の父親には、「ちょっと早めに買い物にいってくる」と言った。暗い小部屋で、汗だくになって映写機を見守る父親は、「気をつけてな」と特にあやしんだふうでもなく言った。

行天はすでに広場に来ており、ベンチに座ってバスの発着を眺めていた。こんなところでは目立つ。菊子はそう思ったのだが、日射しの強い真夏の午後に、駅に出入りするひとは案外少なかった。菊子は一人ぶんの間隔を空けて、行天と同じベンチの隅に腰かけた。行天は指に挟んでぶらさげていた瓶の栓を、ベンチの縁を使って器用に開けた。

「はい」

差しだされた瓶には、黒い液体が入っている。

「なあに、これ」

「コカ・コーラ。駅裏に来るアメリカさんにもらった。まだ冷えてるから、飲んでみな」

受け取った瓶は、たしかにひんやりしている。見た目はコーヒーみたいだが、得体が知れない。よもや毒でもあるまいと、菊子は思いきって液体をあおった。ラッパ飲みなどするのは、はじめてだった。

「なに、これ！」

コカ・コーラが喉を通過したとたん、菊子は盛大にむせた。「薬の味がする！」

きつい炭酸のせいで舌がひりひりした。薬草茶を甘くしてソーダ水で煎《せん》じ詰めたみたいだ。

「だよなあ」

呟きこむ菊子を見て、行天はもっともらしくうなずいた。「あいつら、これが大好きなんだが、俺はいつも、どうもよくわからないと思っていたんだ」

「よくわからないものを、ひとに飲ませないでちょうだい」

菊子はもう一度、こわごわと瓶の中身を味わってみた。

「文句言いながら、飲むんだ」

行天はおもしろそうに、炭酸で涙目になった菊子を見ている。

「なんだか、あとを引く味がするから」

「まあ無理しなくていいよ」

行天は腕をのばして菊子の手から瓶を取りあげた。半分ほど残ったコカ・コーラは、行天が飲んだ。瓶の口に行天の唇が触れている。菊子は目をそらした。まほろ駅の三角屋根のうえに、白い夏の雲が浮かんでいた。

「『或る夜の出来事』はどうだった?」

と菊子は聞いた。

「昔見たのと変わらなかったな」

と行天が言ったので、菊子は噴きだした。

「そりゃあ、そうでしょうよ。同じプリントですもの」

「ジェリコの壁は必ず崩れ、女は安定した生活よりも愛する男を選ぶ」

心臓が跳ねた気がした。菊子は行天を見た。行天も菊子を見ていた。二人は見つめあった。

「映画の話よ」

と菊子は言った。

「ああ、映画の話だ」

と行天は言った。

「あなたは、まほろのひとじゃないみたいね」

スカートの皺をのばしながら、菊子は話題を変えた。「ここで、どんな仕事をしているの?」

「あまりひとには言えないことを」

ちょうど、駅から派手なシャツを着た男が出てきた。先日のチンピラの一人だ。チンピラは行天に気づき、「あっ」と口を動かした。

「じゃあまた」

と行天は菊子に言い置き、コカ・コーラの空き瓶を片手に、広場を横切ってチンピラのほうへ歩いていった。菊子が見ているまえで、行天は身構える隙も与えずチンピラの脳天を瓶で殴りつけた。瓶が割れ、チンピラの額も割れた。血を流して倒れ伏した男をよそに、行天はさっさと大通りの雑踏に消えた。

菊子は唖然《あぜん》としていたが、警官が駆けつけてチンピラを助け起こしたのを機に、さりげなくベンチを立った。

「まほろばキネマ」に戻るあいだ、笑いを噛み殺すのに苦心した。

「本当に、気障《きざ》で皮肉屋で腕っぷしが強くて、クラーク・ゲーブルみたいにいい男だった」

曽根田のばあちゃんは、ほぅと吐息した。

「おまえ、クラーク・ゲーブルに似てるって言われたことあるか」

と、多田は行天に尋ねた。

「あるわけないでしょ。俺の顎は割れてない」

と、行天は憮然とした体《てい》で言った。クラーク・ゲーブルの顎は割れてたっけか？　と多田は思う。割れてたとしても、うすら割れ程度だった気がするが。

行天は自分の顎を確認するようにさすっている。

「ばあさん、もう日も傾きかけてきたんだけど、ジェリコの壁はいつ崩れんの」

「私は、いつでもいいんだよ」

ばあちゃんは行天に流し目を寄越した。

「大丈夫かな、このばあさん。ボケはボケでも、色ボケだよこりゃ」

行天のぼやきを、多田は小突いてやめさせた。曽根田のばあちゃんは、大切な顧客の一人だ。

正確に言うと、見舞いの代理を依頼してくるのはばあちゃんの息子だが、とにかく失礼があってはならない。

「曽根田さん」

話を早く進めてもらうため、多田もばあちゃんのまえにしゃがんで問いかけた。「行天がクラーク・ゲーブルだとすると、曽根田さんの許嫁の徳一さんは」

「啓介さんよ。この話での名前は」

と、ばあちゃんは訂正した。多田は咳払いし、

「その、啓介さんは」

と言い直す。「どんな感じのひとだったんですか」

「決まってるじゃない。彼がクラーク・ゲーブルなら、啓介さんはレスリー・ハワードよ」

「弱腰で腑《ふ》抜《ぬ》けのアシュレーだ」

行天は歌うように言った。

「当時はまだ、公開になっていなかったけれどね」

ばあちゃんは口をすぼめ、「ふぇ、ふぇ」と笑う。そこに至ってようやく多田は、二人がクラーク・ゲーブルの代表作、『風と共に去りぬ』の話をしているのだとわかった。

「アシュレーはいいやつじゃないか」

と多田はつぶやいた。「どうして女性がレット・バトラーのほうを好むのか、俺はまえから謎だったんだ」

「そんな調子だから、あんたは女っ気がないんだ」

「おまえに言われたくない」

「俺はゲーブル行天だよ。顎は割れてないけど」

気障ったらしく片眉を上げてみせる行天を、曽根田のばあちゃんは楽しげに見ていた。

菊子は行天と頻繁に会うようになった。とはいえ、空いた時間は少ないし、ひとの目は多い。二人きりになる勇気は、まだ持てなかった。行天もあくまで、「映画館の堅気のお嬢さん」に対する態度で菊子に接した。

二人のあいだにそびえるジェリコの壁は、ここにはいない男が作る影だった。踏み越えるにはあまりにも黒々と長くのびる影だった。

マーケットでの買い物を手早くすませると、菊子は「カフェー　アポロン」に行く。真新しい店内には、いつもジャズのレコードがかかっていた。床には水をたたえた溝が刻まれ、本物の大きな錦鯉《にしきごい》が泳いでいた。

これまで見たことのなかった趣向に、店はまほろ町の住人で大にぎわいだ。だが行天はたいがい、喧噪とは無縁の奥のテーブルにつき、たまに泳いでくる錦鯉にビスケットの欠片《かけら》を投げ与えては、「アポロン」のマスターに怒られていた。

「餌はやるなって言ってるのに、あんたもわからんひとだねえ」

マスターは行天をたしなめ、菊子のぶんのコーヒーをテーブルに置いた。菊子が「まほろばキネマ」の娘だととうに気づいているはずだが、マスターは知らん顔をしてくれた。

なにを話すというわけでもなかったが、菊子と行天は、なるべく時間をかけて粉っぽく苦い代用コーヒーを飲んだ。支払いはいつも行天が持った。

実際のところ、行天がなんらかの思惑を抱いて近づいてきたのではないかと、菊子は疑っていた。たまには毛色の変わった女をものにしたいとか、繁盛している映画館の娘なら自由になる金も多いだろうとか。

だが何回か会ううちに、そうではないのだとわかった。代用コーヒーの代金など、たかが知れている。行天はただ、女とカフェーに行ったら払いは男が持つものだという習慣に従って、コーヒー代を出しているだけのようだった。気を惹《ひ》くような贈りものを持ってきて、暗に代価を求めることもなかった。いい意味でも悪い意味でも、菊子になにも期待していない。

行天は、菊子に会いたいから会っているのだ。

それに気づいたとき、菊子は疑いを捨てきれなかった自分を恥じた。同時に、突きあげるような喜びと誇りと、行天への愛おしさを覚えた。

もう、待つのはやめたかった。だれを愛しているか知ったいまとなっては、待つのは無駄だ。たとえ啓介が戻ったとしても、どうしようもない。

許嫁のいる身で、よくもそんな残酷で傲慢なことを。理性はそうささやいたが、心も視線も、すでに行天しか追えなくなっていた。

けれど、肝心のこのひとはどう思っているのかしら？　私に期待するそぶりを見せないのは、諦めているからなのか、面倒な事態——たとえば結婚——と秤にかけて及び腰になっているからなのか、はたしてどちらだろう。

行天の仕事は駅裏のヤクザにかかわりのあることだと、すでに薄々察しはついていた。行天の周囲に、玄人《くろうと》の女の影が複数ちらつくことにも。

菊子は行天の真意を慎重に見きわめようとした。愛を感じたからこそ、臆病になった。もし、すべては菊子の思いこみと勘違いで、行天が笑って菊子の気持ちを退けたとしたら、とても耐えられないと思った。

こんな気持ちになるのははじめてだった。許嫁の啓介に対してでさえ、ここまで臆病かつ熱心に見つめたりはしなかった。

啓介が幼なじみで、いまさら真意を探らなくてすむ相手だったからでもある。だがなにより、長年の顔見知りで許嫁にもなった啓介には、どう振る舞えばいいか決まっていたからだ。明るく楽しく、妻となってからはつつましく。なにかを考える余地も必要も、そこにはない。

菊子は行天に会って、策略と駆け引きを知った。つまるところ、恋を知ったのだった。


しかし所詮は、生まれてはじめて練った策略と駆け引きだ。経験の少なさはいかんともしがたく、うまくいくはずもなかった。

風が涼しくなったころ、菊子はそれを思い知らされた。啓介が復員してきたのだ。シベリアに抑留されていたということだが、啓介は多くを語らなかった。

その日、菊子はいつものように「カフェー　アポロン」で行天と会ってから、「まほろばキネマ」に戻った。まだ上映中のはずなのに、ロビーには多くのひとが立っていた。父親の姿まであった。みな、頬に涙を伝わせ、でも笑っている。

一種異様な雰囲気に、菊子はドアを入ったところで立ちすくんだ。

ロビーの中心に啓介がいた。啓介の両親である曽根田建材店の店主夫妻が、目頭を押さえてつきそっている。

夢のようだ、と菊子は思った。

啓介が戦地で、戦争が終わってからの二年間で、なにを見てどんな目に遭ったのか、語られずともわかった。啓介はすっかり痩せ、しかし優しく実直そうな眼差しは変わらないまま、周囲のひとからの挨拶とねぎらいを受けていた。

菊子に気づいた公三が、「キクちゃん！」と手招いた。啓介の目がつと動き、菊子をとらえていっそう優しく笑んだ。

「キクちゃん」

懐かしい声に呼ばれたとたん、菊子は打たれたように身を翻し、ドアを開けて表に飛びだした。ひどいことをしているとわかっていたが、菊子は一目散に大通りを走った。なぜひどいとわかっているることをするのかは、自分でもわからなかった。

行天はすでに、「カフェー　アポロン」を出たあとだった。菊子は息もつかずに再び通りに出ると、今度はマーケットに向かって走った。通りに面した商店から、道行くひとから、「キクちゃん、啓介さんが帰ってきたようだよ」「キクちゃん、よかったね」と声をかけられたが、耳をふさいで走りつづけた。

マーケットの通路のなかほどで、行天に追いついた。

「どうした」

行天は菊子の必死の形相に驚いたようだったが、菊子は息が苦しくて、しばらくは説明もできないぐらいだった。

やっと呼吸を整えてから、菊子はほとんど声にならない声で叫んだ。

「つれていって。あなたの家へつれていって！」

策略も駆け引きもまるでない、魂から迸った願いだった。行天の両腕に、爪が食いこむほど強くすがりつく。

「許嫁が帰ってきたの」

行天はずいぶん長く黙っていた。それから菊子の手を握り、あいかわらず無言のままマーケットを抜け、省線まほろ駅の線路を越えた。

駅の反対側は、菊子にとっては未知の場所だった。すぐ近くにあるのに、とても遠い世界だった。はじめて見る風景は、ひとの肌が発する熱気で湿り、騒がしく、けばけばしい色のついた明かりが照らしてもなお、凝《こご》った闇にゆらめく蜃気楼《しんきろう》のように感じられた。

女の肩を抱いた米兵が、なにか親しげに話しかけてきたが、行天は二言三言返しただけで切りあげた。

行天の住処《すみか》は、駅裏の長屋の一部屋だった。長屋の軒下に立っていた女は、菊子を敵意と好奇心に満ちた目でまじまじと見た。

「行天、その子素人《しろうと》でしょ？　どうすんのさ」

行天は軽く手を振って女をどかし、部屋に入って玄関の引き戸を閉めた。菊子は室内を見まわす余裕もなく、行天の胸もとに頬を寄せた。行天の腕が、そっと背中にまわされた。

翌朝、行天は「まほろばキネマ」のまえまで菊子を送ってくれた。菊子の歩調に合わせ、行天はひとけのない大通りをゆっくり歩いた。


「えぇー。意外な展開だねえ」

多田が「やめろ」と制したのも聞かず、行天は身を乗りだした。「流れものの行天と、やっちゃったんだ」

「しましたよ」

曽根田のばあちゃんはうなずく。

「ちょっとまずいでしょ」

「まずいなんてもんじゃなかった。ロビーに仁王立ちしていた父に、思いきり頬を張り倒されたもの。でも、後悔はしなかった。行天のことが好きだったから」

「ケースケには、なんて言ったの」

「ありのままを」

「悪い女だなあ」

と、行天はばあちゃんを称賛した。「ケースケは怒った？　悲しんだ？」

「そこが、あのひとの不思議なところでねえ」

ばあちゃんは、「はてさて」と言いたげに首を振った。『そうか』と言って、ちょっと考えてるんだよ。それからあのひとの提案したことときたら……」

勝手に登場人物にされ、多田はなんとも居心地の悪い気持ちになりながらも、ばあちゃんが語る啓介の提案に耳を傾けた。

「だけど、キクちゃんは俺との婚約を取り消さないほうがいいと思う」

啓介に言われ、菊子は驚いて顔を上げた。

啓介は菊子の父親とともに、「まほろばキネマ」のロビーで一晩を明かした。顔を見たとたんに、飛びだしていったきり帰ってこない許嫁。復員してきた夜に、とんだ災難だ。啓介の両親は当然、菊子の常軌を逸した振る舞いに怒っていたが、彼らをなだめすかして家に帰らせたのもまた、啓介だった。

父親に殴られた菊子を抱え、啓介はロビーのソファまで運んだ。腫れだした頰に濡れた手ぬぐいを当て、菊子の話を黙って聞いた。そのあいだ、父親は熊のようにロビーを歩きまわっていた。娘のしでかしたことを、どう考えればいいのかわからなかったのだろう。

「俺の両親には、キクちゃんは昨夜、すぐに戻ってきたと言えばいい。なにも問題はない」

「だって……、どうして？」

口内の切れた粘膜に難儀しながら、菊子は遠慮がちに尋ねた。あなたを愛してないから結婚できないとは、たとえ粘膜が切れていなくても、さすがにはっきりと口にはできなかっただろう。

「キクちゃんは誤解しているかもしれないが、俺は、気心の知れた相手ならだれとでも許嫁になる、ってわけじゃない。キクちゃんのことをけっこう好きだから、結婚の約束をしたんだ」

責められているようで、菊子はうつむいた。啓介は菊子の手から手ぬぐいを取り、床に置いた水を張った洗面器で絞り直して、また頬に押し当ててくれた。

「俺はいまのところ、キクちゃん以外と結婚する気はない。親に、べつのひととの結婚をせっつかれたくもない。戦地とまほろの落差が大きすぎて、俺もまだ戸惑っているからね……」

目を伏せた啓介は、遠い砲声を聞いているように見えた。

「キクちゃんの相手の男は、キクちゃんと結婚する気がありそうなのか？」

菊子は少し考え、力なく首を振った。

「じゃ、しばらくいまのままにしておこう。相手の男が結婚すると言ったら、キクちゃんは駆け落ちでもなんでもするといい」

啓介の寛容と静けさに、菊子はかえってこわくなった。

「啓介さんは、どうするの？」

菊子が小声で問うと、

「俺も、ほかに結婚したいひとができたら、する」

啓介は迷いのない様子で答えた。

菊子の父親は、菊子と啓介の取り決めを到底許容できないと感じたようだが、結局は黙るしかなかった。啓介と破談したら、菊子が傷物であることも自ずとまわりに伝わってしまうはずだ。

すでに二十八になる娘が、そのうえまちがいを犯したとなったらもう、ろくな縁談は来ない。それならば、娘が流れものと切れるのを待って、啓介に嫁がせたほうがいい。そう踏んだのだろう。啓介が菊子に、結婚の約束を持続しようと申しでたことを知り、「変わってるな」と行天は言った。

「キクちゃんのことが、よっぽど好きなんだろう」

「そうかしら。啓介さんの自尊心が、そうさせるのかもしれないじゃない」

「俺にはそうは思えない」

行天は長屋の天井に向かって、煙草の煙を吐いた。「もし自尊心なんだったら、キクちゃんに『駆け落ちしてもいい』なんて言わない」

「私と駆け落ちして」

菊子は行天の腹にのしかかり、甘えた声で言ってみた。

行天は笑って、答えなかった。

「ばあさんにとって、ずいぶん都合のいい条件だ」

行天は納得がいかなさそうだ。

「いいもんか」

と、曽根田のばあちゃんは反論した。「男ってのは、一人でいるとおとなしいけれど、二人以上集まるととたんに、一緒になって悪だくみをはじめるもんなんだから。私にとっていいことなんて、そんなにありゃしなかったよ」

多田は、「そうだろうか」と思いながら、ばあちゃんに麦茶の残りを飲ませてやった。

「女性の場合は、どうなんです」

「女は一人で、悪いことを考えるものさ」

麦茶で湿った唇を舐め、ばあちゃんはにんまり笑った。「二人以上になると、互いに牽制《けんせい》しあって、おしとやかなふりをする。裏では牙を剝きあいながらね」

多田は、「そうだろうか」とまた思い、行天はもっともらしく、「なるほどね」と顎をさすってみせた。

「なにが、『なるほど』なんだ」

多田の疑問には、ばあちゃんが答えてくれた。

「男二人と女一人の三角関係と、男一人と女二人の三角関係を比べれば、わかることじゃないか。前者のほうが、決着が早くつきやすい。どっちの男を選ぶのが得か、女はさっさと見きわめて決めるし、男二人は目くばせしあって、折りよいところで一方が身を引く。『あいつに俺の女を譲ってやった』と思えれば、身を引いても男のプライドは傷つかないからね」

行天はうんうんうなずいている。本当にわかってんのか、こいつ。と多田は思った。

「ところが、後者の場合はどうだい。ずるずると長引くことが多いだろう。男は一人じゃ決められないし、女二人は決して結託なんかしないからだ。男を完全に自分のものにするまで、相手の女が降参して退却するまで、静かに熾烈《しれつ》に戦いあう」

「なるほど」

行天はもっともらしく、また言った。「じゃあ、ばあさんの場合、事態は平和裏かつ迅速に解決したんだね」

「ま、そう言えるんじゃないだろうかね」

車椅子の背に深く身を預け、諦めのため息とも円満の吐息ともつかぬ空気を漏らす、曽根田のばあちゃんなのだった。


二人の男のあいだで親交が芽生えていることに、菊子はしばらく気づかなかった。

啓介には許嫁として接していたし、周囲もそう思っていたはずだが、内実は幼なじみのままだった。行天とは、人目を忍んで逢瀬を重ねた。「蝙蝠的生活《こうもりてきせいかつ》」と、菊子の父親は言った。「そんな蝙蝠的生活、よしにしないか」と。ひそかに描かれた三角形を察知したのは、当事者三人以外では、父親だけのようだった。

菊子はどちらの男のまえでも、もう一方の男の話はしなかった。啓介のことも行天のことも、傷つけたくはなかったからだ。そんな自分の気づかいが、てんで無用のものだったと思い知らされたのは、もう冬になるころのことだ。

復興の波に乗り、まほろ町のマーケットは建て替えと拡充の時期を迎えていた。アーケードは取り壊され、掘っ建て小屋のようだった急ごしらえの小さな店は、端から順に改築された。夜が明けるたび、魔法のように真新しくなった店がお目見えしている。秋口から冬にかけては、そんな状態だった。

新装開店が相次ぎ、マーケットは活気づいていた。材木の需要が高まり、曽根田建材店も大忙しのようだ。トラックに積まれた大量の材木は、曽根田建材店の店頭に並べられる暇を惜しんで、そのままマーケットの工事現場へ運びこまれるほどだった。陣頭指揮に汗を流す啓介の姿を、菊子もよく見かけた。

同時に、マーケットの利権をめぐって、ヤクザ者の動きもきな臭さを増していた。まほろ町では戦前から、地元の岡山組が幅を利かせていたが、金の動く気配を嗅ぎ取り、横浜を根城にする高橋組《たかはし》も乗りこんできた。両者はしばしば、マーケットで小競《こぜ》り合《あ》いを起こすようになった。

店舗の改装がすべて終わったら、新しいアーケードを一気に架ける。一番大きなこの工事を受注するのは、どちらの組の息がかかった建築会社か。まほろの住民は好奇心と興奮を隠さず、岡山組と高橋組の抗争を見守っていた。

そんなある日、マーケットに買いだしにきた菊子は、行天と啓介が親しげに立ち話をする姿を目撃した。改装中の魚屋のまえで、二人は腕組みをして立っていた。行天は、こげ茶の着流しに岡山組の黒い法被《はっぴ》を肩に羽織り、啓介は、闇で流れている米軍のジャンパーにカーキ色の作業ズボン、ゲートルを巻いて地下足袋を履いた出で立ちだった。

ほれぼれするような、いい男二人だ。菊子は思った。私の気づかいはなんだったんだろう、ばからしい。男のひとときたら、女はそっちのけで、どんな事情があろうとすぐに仲良くなっちゃうんだから。

「ちょっと」

菊子が声をかけると、行天と啓介は振り返り、悪びれるところのない笑顔を見せた。

「キクちゃん、買い物かい」

と行天は言い、

「見てみろよ、あの梁《はり》。立派だろう。うちが卸《おろ》したものだ」

と啓介は言った。

どうやら、啓介は行天に安価で良質な材木を融通しているらしく、その材木を使って行天は、ヤクザの世界で力をつけつつある様子だった。

仕事を挟み、菊子を挟んで、行天と啓介が奇妙な友情を結んだように菊子には見えた。

菊子と行天と啓介は、ともに時間を過ごすことが多くなった。三人で「カフェー　アポロン」に行き、コーヒーを飲みながら穏やかに語らった。行天は鯉にビスケットをやり、やっぱりマスターに怒られていた。マーケットの建築現場に出入りする行天と啓介に、菊子が弁当を差し入れすることもあった。おかずの焼き魚について、「俺のほうがでかい」「いや、俺だ」と、行天と啓介は小声で喧嘩した。子どもみたいなんだから。菊子はあきれ、しまいには笑った。

菊子と行天は、歩きながらたまに、こっそり手をつないだ。そうせずにはいられない情熱に突き動かされて。それを見ても、啓介はなにも言わなかった。なにも言わず、さりげなく盾になって、二人の姿を通行人から隠してくれた。

啓介は行天に材木を融通しつづけた。アーケード工事は結局、岡山組の傘下にある建築会社が請け負うことになり、高橋組はまほろ町から撤退した。

春にはアーケードも新調され、生まれ変わったマーケットが、まほろ町の住民のまえに立ち現れた。

「夢のようだ」

と啓介はつぶやいた。柔らかい光が差す、曇りのないアーケードを見上げて。行天はねぎらうように、慰めるように、啓介の肩を軽く叩いた。

このひとたちは、死が日常となった世界を見てきたんだ。菊子はそう思った。生きて故郷に帰れるとは、光に満ちたマーケットで買い物できる暮らしを取り戻せるとは、夢にすら思い描くことのできない世界を。

啓介が復員してきたとき、菊子は夢のようだと感じた。悪夢のようだと。

マーケットをまえにした啓介のつぶやきを聞き、菊子は深く自分を恥じた。私は、なにもわかっていなかった。「落差に戸惑っている」と言った幼なじみの気持ちを、思いやることすらしていなかった。

啓介と行天は、戦地で見聞きしたおびただしい死の記憶、そこで自分たちがした行為の記憶によって、結びついたのかもしれない。それは決して、菊子が踏み入ることも分け持つこともできない部分だった。

マーケットは安全で、どこもかしこもぴかぴかで、店には品物があふれている。よそものが揉めごとを起こそうものなら、岡山組の若い衆がすぐにつまみだす。路地の奥には、買い物客のための公衆便所まで設置されている。戦争が終わり、平和で幸せに暮らせる世の中がやってきたのだと、人々はようやく実感できたのだった。

「曽根田建材店の息子のおかげで、岡山組での居心地がよくなった」

長屋で煙草をふかしながら、行天はそう言った。裏手を流れる暗い川から、ぬるんだ水のにおいが上ってくる。

菊子はブラウスのボタンをとめ終わり、行天の横顔を眺めた。流れものの行天が、いつまた町を出ていってしまうか、菊子は常に不安だった。

「じゃあ、ずっとまほろにいられるわね」

「さあ、どうかな」

行天は、泣きそうな顔をした菊子に気づいたのだろう。なだめるようにつけ加えた。

「たぶん、しばらくは」

菊子は畳をにじり寄って、行天の肩に顎を軽く載せた。

「あなたたちって、おかしな仲ね」

「だれのことだい」

「あなたと啓介さんよ。啓介さんは嫉妬しないのかしら」

「してほしいのか、悪い女だ」

「そうじゃあないけれど」

「あいつは、いいやつだな」

行天は灰皿で煙草を消し、菊子の髪を優しく撫でた。「苦労もしたんだろうに、日なたのにおいがする。キクちゃんと同じにおいだ。やつはキクちゃんのためを思って、俺に材木を融通してくれたのさ」

それでも、あなたはずっとここにいるとは言ってくれないのね。啓介さんと私が、こんなにあなたを引き止めようとしているのに。

菊子は切なくなって、行天を抱きしめた。

「あなたは煙草のにおいがする」

「俺のにおいが移っちゃあ大変だ」

行天は微笑み、菊子の腕をそっとほどいた。「夜も深まった。送っていこう」

夕日がケヤキの影を長くのばしている。

「ばあさんが、なんだかすごくイイ女のように聞こえる」

行天は不服そうに鼻を鳴らした。

「失礼だね。私は真実、イイ女だったんだ」

「あっちからもこっちからもモテて、いい気持ちだった？」

意地の悪い行天の質問に、曽根田のばあちゃんは目をしょぼつかせた。

「そうでもない」

それから、強気を取り戻してつづけた。「言い訳するつもりはないけれど、啓介さんだって、それなりに遊んでたよ。行天が紹介した女とね。行天も、啓介さんのおかげでずいぶん顔を売ったたろう」

「ばあさんは？」

「私は、いらいらするばかりだった。行天との関係にはさきが見えないし、かといって啓介さんに泣きつくのも癪《しゃく》じゃないか。いっそのこと、第三の男を引っかけてやろうかと思ったぐらいだ」

半世紀以上経っても衰えぬばあちゃんの憤《いきどお》りぶりに、多田は噴きだした。

「生活するって、そんなものかもしれませんね。映画のようにはいかない」

「本当にねえ」

ばあちゃんはため息をついた。「考えてみれば、私のろまんすは啓介さんが帰ってきた日に、終わっていたのかもしれないね。マーケットで行天に追いすがって、『つれていって』と言った瞬間に」

「でも、悪いものではなかった？」

多田が静かに問うと、ばあちゃんは「うん」と言った。

「悪くなかった。ろまんすも、そのあとの生活も。一生、あの気持ちを知らずに過ごすひともいるだろうが、私は知ってよかったと思ってるよ」

皮膚が薄くなって干からびたような指を、ばあちゃんは祈るときに似た形で絡みあわせた。

おかしな三角関係は、一年ももたずに終わりを告げた。

「そろそろ飽きたな」

と行天が言ったからだ。菊子はそれこそ、難攻不落のジェリコの壁が崩壊したような衝撃を受けた。いやだとなじり、捨てないでとわめいた。

行天はそのあいだ、長屋の煎餅布団に寝そべり、平然と天井を見上げていた。

「どうすればいいの」

とうとう泣き伏した菊子に向かって、行天は冷たく言った。

「曽根田建材店の息子と結婚すればいい」

「そんなことできない。したくない！」

「俺と寝たからって、意地になるのはよしな。『或る夜の出来事』を見ただろう。浮ついた男ではなく、本当に心優しい男を選んで、女は幸せになった」

行天は菊子を、「まほろばキネマ」まで引っ立てた。夜のマーケットはすべての店が板戸を閉ざし、昼とはべつの世界のように静まりかえっていた。行天とはじめて会った通路を、菊子は涙を流しながら引きずられていった。

その日の上映をすべて終え、ロビーで閉館の準備をしていた父親は、菊子が泣き顔で帰ってきたことに動転した。

「なにがあった。あのヤクザもんに、なにかされたのか」

父親はすぐに表に飛びだそうとしたが、菊子は必死に止めた。なにもない。ただ捨てられただけだ。そう思うと、惨めだった。父親はためらったすえに、菊子の肩に黙って手を載せた。

そのとき菊子は、行天が通りの向こうに立っていることに気づいた。暗がりで、行天のくわえた煙草が赤く明滅した。菊子が父親に迎え入れられたことを見届けると、行天はガラスドアをゆっくりよぎり、視界から姿を消した。

その夜を境に、行天はまほろ町からもいなくなった。

啓介が長屋を訪ねてみたら、部屋にはすでに、新しくまほろ町にやってきた娼婦が住んでいたそうだ。

恋を失うのがはじめての経験だったため、菊子は一週間ほど寝こんだ。友人を失った啓介も、菊子の枕もとで言葉少なに座っていた。菊子と啓介のあいだには、喪失した行天がいまやジェリコの壁のようにそびえていた。しかしその壁が早晩崩れるだろうこと、まるで壁などなかったかのように、二人で築く新しい生活がはじまるだろうことを、菊子も啓介もなんとなく感じ取っていた。

あとになって、行天が岡山組と揉めごとを起こし、追われる身になっていたのだという噂を聞いた。

「つれていって」と頼んだら、行天は今度も、菊子の望みを聞き入れてくれたのかもしれない。だからこそ、急に別れを切りだし、菊子を置いていったのかもしれない。日なたのにおいのする場所。行天が憧れ、しかしついに留まることはできなかった場所に。

そう思いたかった。そう思うことにした。

菊子が最後に見た行天、暗闇にたたずみ、「まほろばキネマ」と菊子を眺める行天の顔は、幸福そのものを目にしたかのように微笑んでいた気がする。

菊子の見まちがいではないはずだ。

曽根田のばあちゃんはやっと病室へ戻ることに同意し、多田と行天は一日の仕事を終えて軽トラックに乗った。

道路はすいている。多田はハンドルから片手を離し、「やれやれ」とラッキーストライクに火をつけた。

「見舞いの代理を引き受けるの、もうやめようよ」

行天は疲れたのか、シートベルトの意味がないほど、ずり落ちそうな恰好で助手席に座っている。「盆休みなのに、予想外の超過勤務だ」

「盆休みだからこそ、母親の見舞いにいかないと世間体が悪い、と考えるひとがいるんだ」

「だったら自分で行きゃいいのに」

行天の意見はもっともだが、曽根田のばあちゃんの息子一家は、ただいま沖縄で夏を満喫中だ。

一生に一度の恋をし、幼なじみと結婚し、息子も孫もいる曽根田のばあちゃんは、いまの境遇をどう思っているのだろう。幸せなのか不幸せなのか、多田には判断がつかなかった。

ばあちゃんの回路はしょっちゅうショートするから、次に会ったときに聞いてみても、きっと明確な答えは返ってこない。ばあちゃんが話したことは、多田と行天のほかには見物客のない花火のように、黒い虚空に消えてしまった。

映画に似ている。暗闇のなか点滅する、一秒間に二十四回の光。光は温度となり、温度はドラマとなって、記憶の銀幕で像を結ぶ。

「ぼやくなよ、ゲーブル行天」

多田は軽トラックの窓を細く開け、煙草の煙を外に逃がした。「今日はスクリーンで活躍したんだから、いいじゃないか」

「出演料は出るのか？」

と行天が言ったので、腹にラッキーストライクの箱を載せてやった。

助手席から上る白い煙が、多田の眼前を漂い、まほろの町の明かりを淡くにじませる。

この情景もいつか、記憶になるのだろうか。闇に浮かんでまたたく光、夜空に放たれる花火のような光に。

曽根田のばあちゃんが光の合図を寄越した相手が、息子でも孫でもなく、多田と行天だったとは不思議なことだ。大切な記憶を託す相手が、恋からも血のつながりからも遠い場所で生きる人間だったとは。

本当に心優しい男を選んで、女は幸せになった。

曽根田のばあちゃんに選ばれたのだとしたら、うれしいのだが。

「今日、俺たちは二人とも、『或る夜の出来事』のクラーク・ゲーブルになれたのかもしれないな」

と多田は言った。

「どうだろう、自信はないね」

行天は唇から細く煙を吐いた。「あんたも俺も、顎が割れてないからな」

岡夫人は観察する

岡《おか》夫人には近ごろ、三つの心配事がある。

庭の椿の木をまえに、岡夫人は思案に暮れる。

やっぱり元気がないみたい。艶《つや》を失った葉が、なんだか茶色くなっている。虫がついたようでもないし、先日までつづいた長雨のおかげで、水分も補給できたはずなのに。肥料がたりていないのかしら。

爽やかな秋晴れの空の下、岡夫人は指先でそっと葉を撫で、ため息をついた。

この椿は、岡夫人が山城町《やましろちょう》の岡家に嫁いできた記念に、姑《しゅうとめ》が苗を植えたものだ。半世紀以上が経ち、いまではずいぶん立派な木に育った。

「なんの木がいい」と姑に聞かれ、「椿がいいです」と答えたのを、昨日のことのように思い出す。

「椿は虫がつきやすいし、縁起の悪い花の落ちかたをするじゃないか」

そうぼやきながらも、姑は岡夫人の意を汲み、花弁の赤も鮮やかな品種を手に入れてきてくれた。

あのころのまほろは、そこいらじゅうが畑と田んぼだらけだったし、山は緑だった。

八王子の農家に生まれた岡夫人は、まほろの豪農だった岡家に、薪《まき》トラックに乗って嫁入りした。ちょうどその日、落雷の影響だかで国鉄八王子線が運休していたからだ。八王子からまほろを通って横浜まで、当時はまだ絹の行商人が行き来していた。岡夫人に岡家を紹介したのも、薪トラックに便乗させてくれたのも、同じ村に住んでいた行商のおじさんだ。

ずいぶんな悪路で、岡家に着いたときには、数台のトラックに分乗した親戚一同の尻が痣だらけになっていた。はじめて会った夫が新床《にいどこ》でまずしたのは、岡夫人の尻を濡れた手ぬぐいで冷やすことだった。

「おーい」

家のなかから夫に呼ばれ、岡夫人は椿の葉から手を離した。

「はい、なんですか」

と答えても、夫は「ちょっと」と言うばかりだ。

あのひとも昔は、もう少し優しくて気が利いた男だったのだけど。岡夫人はやれやれと首を振り、濡れ縁から居間に入った。加齢とは怖いものだ。夫は年々、気むずかしさに拍車をかけている。

心配事の二つめはこれだ。

岡夫人を呼びつけた夫は案の定、

「横中《よこちゅう》バスの野郎、今日も時刻表どおりに運行していなかった」

と憤然とした調子で言った。卓袱台《ちゃぶだい》に向かって座った岡夫人は、

「あらまあ、そうですか」

と聞き流した。

内心で、「どうしてこのひと、横中バスにこんなに執心するのかしら」と首をかしげる。まさに、「執心」としか言いようがない。横浜中央交通にほとんど恋しているのではあるまいかと思われるほど、夫はバスの運行状況に目を光らせる日々だ。

もしかして、ボケの症状なのだろうか。岡夫人は不安と疑惑を胸に、さりげなく夫を観察する。夫はまほろ市民病院からもらってきた薬を喉へざらざら流し入れ、岡夫人が吹き冷ましてやったほうじ茶で、胃の腑《ふ》まで飲みくだした。

岡家が持っていた畑や田んぼは、夫の代ですべてマンションとアパートに変わった。

夫は機を見るに敏なたちであったらしく、急激にベッドタウン化したまほろの開発の波に乗った。おかげで岡家は、もう何十年も、家賃収入のみで安楽に暮らしている。姑と舅《しゅうと》が生きていたら嘆くだろうが、岡夫人ももちろん、農作業よりもマンションとアパートの管理のほうが楽で実入りがいいから、ありがたいと思っている。

でも、暇すぎるのがいけないのかもしれないわねえ。薬を飲み終えてテレビのまえに寝そべった夫を見、岡夫人は考えた。子どもたちもとうに独立して家を出たいま、このひとのすることと

いったら、市民病院でビタミン剤をもらってくるだけだもの。そりゃあ、通院の足であるバスのことばかり、気にするようにもなるでしょうよ。

「今度こそ、横中の間引き運転の尻尾をつかむ」

夫は岡夫人に背を向けたまま宣言した。「明日、便利屋を呼ぶぞ」

「そんなあなた、またですか」

岡夫人は異議を差し挟んだ。

まほろ駅前にある多田便利軒を、夫は数年来、贔屓《ひいき》にしている。たしかに仕事は丁寧だし、庭の手入れや納屋の整理といった、細かいが体力の必要な作業を黙々とこなしてくれるので、老夫婦だけで暮らす岡家にとっては重宝だ。

しかし夫は多田便利軒に、つい二週間まえにも依頼したところだった。依頼内容はいつも同じ。「庭仕事をするかたわら、横中バスの運行状況を監視せよ」。

バスの時刻表と首っ引きで、岡家のまえにある停留所を見張る便利屋のことが、岡夫人は気の毒でならない。

「金を払うんだから、あいつも文句は言わんだろ」

「そうですけれど」

「なんだ、うちに金がないのか。家賃を滞《とどこお》らせてるやつでもいるのか」

「みなさん、ちゃんと払ってくださっていますよ。私が言いたいのは」

と、岡夫人は夫の背中に向き直った。「お金のためだけに働きつづけられるひとは、そう多くはないってことです」

「そうか？」

と、夫は上の空で返事した。テレビ画面では昼の情報番組が、「なんとポリフェノールの含有量が、通常の八倍！」「えー！」などとやっている。

そうですよ。岡夫人は夫の背中を揺さぶってやりたい気持ちをこらえた。外で働いたことのない岡夫人であっても、想像はできる。金のためだけではなく、たぶん、惰性や愛着や人間関係ややりがいによって、ひとは働くのだ。そうじゃなければ、なんで私が毎日毎日、炊事やら掃除やら洗濯やらをつづけられると思うんです。お金なんて一銭ももらっていない。仕事だという意識すらもない。

あなたと暮らしていきたいから、あなたのためになることだと思うから、私は私の役目を果たしているんじゃありませんか。

翻って、あなたはどうです。私のために、と思ってしてくれたことが、ここ十年でなにかありましたか。

そう言ってやりたかったが、夫は裏が白い広告の束を引き寄せ、「エンギリは痛風に効く」と眉唾ものの情報をメモしている。エンギリではなくエリンギだ。妙なところでケチな夫の言いつけどおり、新聞の折り込み広告からメモに使える紙を選りわけているのは私だ。

胸に渦巻く物思いに蓋をして、岡夫人はただ、

「せっかく便利屋さんをお願いするなら、やりがいのある仕事の内容のほうが」

と控えめに言うに留めた。

「じゃあ、ちょうどいいじゃないか」

と夫は言った。「間引き運転の証拠集め以上に、やりがいのある仕事はないだろ」

話が通じないうえに、横中バス告発にかける情熱が並ではない。

こんなひとではなかったんだけどねえ。

老いのせいなのか、これが元来の性格だったのかわからぬが、度合いを増す夫の頑迷さを今日も痛感し、岡夫人は頭を悩ませるのだった。


翌日やってきた便利屋の多田は、毎度のことながら苦行を申しつけられ、わずかに頬をひきつらせたが、表面上は愛想よく、早朝から庭掃除とバス停監視に着手した。岡夫人は、「すまないわねえ」と心中手を合わせる思いだ。夫は居間でテレビをつけっぱなしにし、昼まえだというのに昼寝を決めこんでいる。

十時の茶菓をふるまうついでに、岡夫人は濡れ縁に座って、茶を飲む多田と少し話をした。

表のバス停に時間どおりにバスが来るか、多田は休憩のあいだもきちんとチェックしている。怠惰な夫の姿を目にしたら、さぞかし気を悪くするだろう。岡夫人は濡れ縁に出るまえに、掃きだし窓のレースのカーテンを閉めあわせ、居間のなかが見えないようにした。

多田は昨年来、助手をつれて岡家に現れるようになった。助手の名を多田から聞いたのかどうか、岡夫人は忘れてしまった。多田は助手を呼ぶとき、なんだか変わった名字を口にしている気がするが、岡夫人にはうまく聞き取れたためしがない。

岡夫人の見るかぎりでは、助手の男はどうも言動が奇妙だった。多田が一心不乱に庭掃除をしていても、助手のほうはなぜか、拾ったドングリを熱心に庭石のうえに並べていたりする。落ち葉の詰まったゴミ袋を枕に、庭の隅に寝転がって空を眺めていたりもする。これじゃあ、どちらが助手だかわからないわねえ、と岡夫人は常々思っている。

岡夫人の楽しみは、多田が立ち働くさまをひそかに観察することである。ときめいているわけではない、と岡夫人は自身の心を確認する。ただなんとなく、見ていたいだけだ。

そんな岡夫人だからこそ、変化に気づくことができた。二週間まえにも感じたのだが、多田と助手の様子がなんだかおかしい。あまり言葉を交わさないし、お互いに目を合わせようとしない。

「喧嘩でもしてるの」

岡夫人は、濡れ縁に腰かけた多田に聞いてみた。多田は一瞬の間ののち、

「いいえ」

と答えた。

だれと、とは言わなかったのに、否定の返事をする。やっぱり喧嘩してるんじゃないの。

岡夫人は、三つめの心配事が解決していないことを知り、穏やかでない気持ちになった。二週間経っても冷戦がつづいているとは、相当の大事ではあるまいか。

多田便利軒の助手はといえば、岡夫人が出した饅頭を片手に、庭の真ん中でしゃがんでいる。多田に対して頑《かたく》なに、丸めた背中を向けている。

いつもだったら助手は、岡夫人が姿を現すやいなや、濡れ縁に寄ってくる。

「多田ー、休もうよ」

と言って、お菓子やお茶や岡夫人が作った昼ご飯にさっさと手をのばす。

ところがこの日は、多田に声もかけず、魚をかすめ取る猫なみの素早さで饅頭をつかむと、濡れ縁から一人離れていってしまった。多田と話したくない、と態度でものがたっている。多田のほうも、助手に濡れ縁に座るよう勧めるでもない。他人の庭の中央で脈絡もなくしゃがむのは、不調法というか不気味だと思うのだが、あえて視界に入れない戦法を取っているようだ。

いい年をした男のひとが、なにを拗《す》ねてるのかしら。

「早く仲直りをしなさいな」

岡夫人がたしなめると、多田は困ったように、黙って少し微笑んだ。

夫は昼食を終え、座敷に据えてある旧式のカラオケをいじりだした。一年に三回ほど、埃をかぶった黒い機械のことを思い出すらしい。

よりによって、今日じゃなくていいのに。

食器を洗いながら、岡夫人はため息をついた。夫の歌う『知床《しれとこ》旅情』が、家じゅうに響きわたる。これでは庭にも音が漏れているだろう。多田に無為な仕事を押しつけたくせに、張本人は屋内で怠惰に過ごしているということがばれてしまう。

洗い物をすませ、岡夫人は居間のカーテンの隙間からそっと庭をうかがった。多田と助手は、壊滅的音程の夫の歌そっちのけで、なにやら言い争いをしていた。

岡夫人は急いで玄関へ走り、引き戸を細く開けて聞き耳を立てる。

「だからさあ、なんであんたが飲んじゃうわけ。あれは俺がコロンビア人にもらったウィスキーだったんだけど」

庭に停めた便利屋の軽トラックの荷台に、助手は仁王立ちしていた。視線はバス停に向けられている。バスの運行状況をチェックする任を負わされた模様だ。

多田はかたわらの花壇にしゃがみこみ、草むしりをしていた。軍手をはめた大きな手を、案外器用に動かしている。二週間まえにも大がかりな庭掃除をしたばかりだから、あまりすることがなさそうだ。

「どうして今回にかぎって、細かいことを言ってくるんだ」

「十二年ものだった」

「自分で買えよ、金ためて。だいたいおまえ、いつもは食い物も飲み物も煙草も、俺のもんを取ったり自分のもんをほいほい寄越したりするじゃねえか」

「それは俺の博愛精神の表れだよ」

「ルーズっていうんだ、そういうのは」

荷台を振り仰ぎ、多田は少し語気を強めた。「ギョーテン。本当はウィスキーなんてどうでもいいんだろ。言いたいことがあんなら、はっきり言え」

「しょんべん」

と助手ははっきり言い、からのペットボトルを手に、荷台を下りて庭の奥へ歩いていった。残された多田は苛立《いらだ》たしげに、草を抜く速度を上げた。

岡夫人は静かに引き戸を閉め、居間に戻った。夫の歌は『襟裳岬《えりもみさき》』を経て、『津軽海峡冬景色』に差しかかったところだ。だんだん南下している。

急須にはほうじ茶のパックを入れっぱなしにしてある。岡夫人はポットの脳天をジャコジャコと押し、湯に色がつくまで待ってから自分の湯飲みについだ。

わかったことが三つあると思った。

ひとつ、あの助手の名前はギョーテンというらしい。二つ、そういえば近所に、「行天」と表札を掲げた家がかつてあった。三つ、多田はずいぶん表情が豊かになった。

岡夫人は香り立ちの悪い茶を一口含んだ。

岡家が多田便利軒に庭掃除を頼むようになったのは、まったくの偶然だった。買い物に出た岡夫人が、開業したばかりの多田から、まほろ駅前でチラシをもらったのだ。

「どんな雑用でもお申しつけください」

そう言いながら多田が配っていたのは、手書きの連絡先を粗くコピーしてあるだけのチラシだった。

便利屋という職業を聞いたことはあったが、実際に仕事を頼んだことはなかった。岡夫人はちょうど、広い庭に際限なく降り積もる落ち葉に手を焼いているところだったので、ためらいつつも足を止めた。

「庭掃除でもいいの？」

「はい」

と答えた声は、低く乾いていた。岡夫人は便利屋だという男を見上げ、「おや」と思った。穏やかそうだが、どことなく倦《う》んだ眼差しをしている。

雪の結晶を連想した。微塵に砕かれるのを待つかのように、諦めごと凍りついた目だ。無骨な外見とは裏腹に、男の内部では多くの線と角が、繊細な模様を織りなしているにちがいない。

「じゃあ、お願いします」

と、岡夫人は思いきって言った。

便利屋稼業が軌道に乗らなかったら、このひとはどこへ行くんだろうと感じたせいだ。かといって、哀れんだのでも、慈善のつもりで依頼したのでもない。夫を筆頭に、岡夫人の息子も父親も親類もみな、単純明快な男ばかりだったから、複雑な陰影を宿す多田に興味が湧いたというのが、主たる動機だった。

岡夫人は刺激が欲しかった。子どもたちは手を離れ、さしたる会話もなく一日の大半を夫と家で過ごす暮らしに、実のところ飽いていた。

べつに、息子よりも若い便利屋と、どうこうなったらなどと夢想したのではない。老境に足を踏み入れた自分が、これまで家族以外の男とほとんど接してこなかったことに気づいただけだ。

庭掃除の道具を持ってやってきた多田を、夫も気に入ったようだった。さもあろう。多田は無駄口を叩かず、働きぶりは実直だった。

岡夫人の雑談にも、ほとんど乗ってこなかった。会社で営業をしていたことは、辛うじて聞きだせた。こんなに無口で、営業をやれたのかしら、と岡夫人は思った。憑《つ》かれたように作業にあたる多田を見て、この熱心さが会社でも買われていたのかもしれない、と思い直したりもした。

つきあいが数年に及ぶと、さすがに多田も少し口数が増え、岡夫人と会話するなかで笑顔を見せるようになった。しかしあいかわらず、岡夫人は多田が結婚しているのかどうかすら知らないままだった。

たぶん、雪の結晶が溶ける日は来ないのだろう。そう感じたので、多田の私生活について聞くのはやめた。


「おやつをどうぞ」

と、庭に声をかける。

多田は礼儀正しく、適切な距離を置いて岡夫人の右隣に腰かけた。助手は軽トラックの荷台からバス停方向を凝視していたが、

「おい、行天」

と呼ばれると、いやいやながらといった体で濡れ縁にやってきた。「おやつを庭にしゃがんで食うのはやめろ」と、多田にあらかじめ言い含められていたのだろう。

助手は多田の隣には座らず、岡夫人の左隣を選んだ。多田と助手に両脇を挟まれる形になった岡夫人は、立って部屋に入るのも失礼かと考え、身動きが取れなくなった。多田も助手の位置取

りに物申したそうだ。

岡夫人と多田の沈黙を意に介さず、助手は抹茶羊羹《ようかん》を食べている。岡夫人は、多田と助手に提供する話題を探した。

「そういえば、椿の木に元気がないみたいなの。あとで水と肥料をやっておいてくださる？　肥料は納屋にありますから」

多田はなぜか、羊羹が岩塩の塊だったみたいな顔をして、「はい」と答えた。助手がほうじ茶に手をのばしながら、

「水分も養分も充分だと思うけど」

と言った。

「え？」と聞き返そうとした岡夫人をさえぎるように、多田が低い声で「行天」と牽制する。

「なんだよ」

助手は不満げだった。「俺にもペットボトルじゃなく、しろって言うの」

「ちがう。いいから黙ってろ」

いまの会話はどういう意味だろう。岡夫人は怪訝に思ったが、多田も、多田に叱られた助手も、それきり口をつぐんでしまった。

助手をつれてくるようになってから、多田は本当に変わった。以前はこんなふうに、たくさんしゃべったり慌てたり不機嫌になったりすることはなかった。

寡黙でどこかさびしげなかつての多田も、岡夫人はけっこう好きだった。でも、いまのほうが

ずっといい。居間から作業を覗き見していても、閉めだされるような感じがしない。変化の理由はわからないが、多田の姿が、岡夫人の目には新鮮に映った。

「お二人は、まえからの知りあい？」

岡夫人が尋ねると、多田の視線が助手のほうに流れた。助手は答える気はないらしい。二個目の羊羹をもごもごと咀嚼《そしやく》している。

「高校の同級生です」

と、多田が言いづらそうに答えた。

じゃあ、二人ともまほろ高校の出身なんだわ。岡夫人は心のなかの帳面に、多田について知った新たな事実として、情報を書き加える。多田から高校名を聞いたことはなかったが、岡夫人はある事情により、助手の通っていた高校には見当がついていた。

「同窓会に行ったことある？」

と、唐突に助手が言った。岡夫人は最初、自分に向かって発せられた言葉だと気づかなかったのだが、助手は岡夫人を見ている。多田が気まずそうに身じろぎした。

「いいえ」

と岡夫人は言った。「会いたい友だちとは個人的に会えばいいし、何十年も会っていないひとと、どんな話をすればいいのかわからないから」

「そうだよねえ。俺もそう思う」

助手が笑顔を見せた。このひとったら、笑えるんだ。岡夫人は少しびっくりした。

意見の一致を見て打ち解けたのか、

「さっきの歌、すごかったね」

と、助手はなおも話しかけてきた。やはり聞かれていたらしい。岡夫人は、身の置きどころがない心持ちになった。さきほど座敷を見てみたところ、夫は歌い疲れたのか、いびきをかいて再び昼寝していた。岡夫人は夫の腹にタオルケットをかけてやったのだった。

夫の歌声に言及されたくない岡夫人の気持ちを汲んだのか、

「ごちそうさまでした」

と多田が濡れ縁から立ちあがった。助手も羊羹の残りを詰めこむ。

庭で作業を再開する二人を、岡夫人はしばし眺めた。どうやら高校の同窓会が、多田と助手の仲違いの根本的な原因らしいと察した。


おもしろいテレビ番組もなかったので、早めに夕飯の下ごしらえに取りかかることにした。フライを作るべく、アジのひらきに衣をつける。

多田のつれてきた助手をはじめて見たとき、「どこかで会ったような気がする」と岡夫人は感じた。あれは勘違いではなかった。

最前、助手の名が判明したことで、思い出した情景がある。

十五年以上まえ、岡夫人はゴンタという白い雑種犬を飼っていた。正確には、夫が「飼う」と言ってどこかからもらってきたのだが、すぐにゴンタの世話いっさいは、岡夫人が受け持つことになったのだった。夫は横中バスへの執心を除けば、きわめて気まぐれで飽きっぽい。

ゴンタとの朝夕の散歩が、当時の岡夫人の日課であった。ゴンタは典型的な内弁慶で、散歩時はいつもおとなしかった。決まったコースを、岡夫人とゴンタは淡々と歩いた。

その途中で、毎朝必ずすれちがう少年がいた。清潔だが主張のない私服を着ていた。制服がないということは、まほろ高校の生徒だろう、と岡夫人は思った。少年は鞄の紐《ひも》を斜めに肩にかけ、いつもまっすぐまえを向いて、岡家のまえにあるバス停を目指し歩いていた。

岡夫人はすれちがうたび、少年を横目でうかがった。少年が、派手ではないが整った顔立ちをしていたからでもある。しかし一番の理由は、まったくの無表情だったからだ。

ゴンタが吠えたりしたらどうしよう。きっとこの男の子は、ゴンタを蹴りあげ、私にも殴りかかってくるだろう。そんなふうに考えてしまうほど、少年の顔からは、およそあたたかみのある感情というものが伝わってこなかった。暗い水面のような目だけが黒々と、バス停へと至る道を映しだしている。

夕方にも、バス停から歩いてくる少年と、たまに行き合うことがあった。少年は朝とまったく変わらぬ風情で、家へ通じているのだろう道をたどっていた。まえだけを見て、背筋をのばして歩く姿からは、一日を学校で過ごした疲れも楽しさも感じられなかった。

梅雨の夕暮れ、岡夫人は青い傘を差し、ゴンタを急かして自宅へ戻ろうとしていた。雷が鳴りそうな気配だった。ゴンタは雷が大嫌いで、遠くで低く鳴るだけで暴れる。岡夫人は念のため、引き綱を掌に二重に巻いた。それがよくなかった。

閃光《せんこう》に遅れること数秒、空が轟《とどろ》いたとたん、ゴンタは飛びあがって道端の草むらに顔をつっこんだ。岡夫人はゴンタに引きずられるまま、勢いよく転んでしまった。傘のせいで手をつくこともできず、両膝と鼻の頭をアスファルトでこすった。

痛みのあまり、岡夫人はしばらく不恰好に這《は》いつくばっていた。雨が岡夫人の背面を瞬く間に濡らした。

ふいに、両腋《りょうわき》に手らしきものが差しこまれ、力強く引き起こされた。驚いた岡夫人が、「ひゃあ」と叫んで振り返ると、例の少年が立っていた。少年は頭から靴のさきまでずぶ濡れだった。

朝すれちがったときは傘を差していたのに、どうしたのだろう。岡夫人は自身が流血していることも忘れ、目の前に立つ少年の顔をぼんやり眺めた。学校で盗られてしまったのだろうか。

少年はあいかわらず、真っ黒な洞《ほら》のような目で岡夫人を見ていた。岡夫人は自分が鼻血を出していることに気づき、ポケットに入れていたハンカチで慌ててぬぐった。

「あの、どうもありがとう」

岡夫人が言うと、少年は上半身を折った。

助けてもらったのはこちらなのに、どうしてこの子がお辞儀をするのかしら。しかしもちろん少年は、道に転がっていた岡夫人の傘を拾いあげようとして、身をかがめたままでだった。なんだか動作がことごとくロボットじみている。

傘を岡夫人に渡すと、少年は一言も発さぬまま、いつもどおりの歩調で去っていった。

次の日の朝にすれちがったとき、岡夫人は少年に改めて礼を述べるべく話しかけようとした。

しかし少年は、両膝に包帯を巻き鼻に絆創膏を貼った岡夫人のことなど、視界にも入っていない様子だった。

朝になったら、昨日までの思い出がすべて消えてしまう機械のように。いや、記憶も感情も、はなから入力される機能のない機械のように、と言ったほうが正しいかもしれない。

三年間、ほぼ毎日顔を見たというのに、結局岡夫人と少年のあいだで、会話が成立したことは一度もないままだった。

この子はなにを喜びと悲しみにして生きているんだろうかと、岡夫人はよく考えた。そもそも、喜びや悲しみを感じることがあるのだろうか。

どこの家の子かしら。どうやって育ち、学校にはどんな友だちがいるのかしら。岡夫人は想像をめぐらそうとしたが、うまくいかなかった。すれちがう少年の顔から呼び起こされるのは、荒野のごとき空白だった。

便利屋の助手が、あの少年の成長した姿だとは、今日まで気づかなかった。印象がまるでちがったからだ。

助手は笑っていた。ものを食べ、感情を表に出していた。

「行天」という表札がはずされたのは、たしか一昨年の暮れだ。もとから近所づきあいをあまりしない家だったので、初老の夫婦が住んでいたことぐらいしか知らない。屋敷と言っていいほど大きく古い一戸建てで、窓にかかった厚手のカーテンは、閉まっていることが多かった。

岡夫人は衣をつけ終えたアジを冷蔵庫にしまい、手を洗った。

推測できることが三つある、と岡夫人は頭のなかで数えあげた。ひとつ、便利屋と助手は喧嘩をしながらも、まあまあうまくやっているらしい。二つ、助手の両親は引っ越したようだが、助手はまほろに残った。三つ、助手は少年時代よりもいまのほうが、ずっと幸せそうに見える。

よかった、と岡夫人は思った。

長い苦難を越え、かつて子どもだったそのひとは幸せになりました。

物語の最後は、そう結ばれるほうがいい。現実には、そんなことはほとんどないとわかってはいるけれど。苦しみが彼を苛《さいな》むことはもうないと、言いきれるものではないけれど。

日が暮れるのが早くなった。夕方の空気のなかに、夏の気配はまったく残っていない。岡夫人は洗濯物をとりこむために庭に出た。

軽トラックの荷台で、バス停を眺めているのは多田だった。掃除もしつくしたらしく、手持ちぶさたそうだ。庭はこざっぱりしていた。

助手はどこにいるのだろう。あたりを見まわしながら、物干し竿からシーツをはずす。布が取り除かれ拓けた視界に、助手が立っていた。予期せぬことに、シーツを抱えた岡夫人は、「ひゃあ」と声を上げた。

「持とうか?」

と助手が言った。岡夫人は首を振った。まだ動悸がする。助手は、蓋の閉まったペットボトルをつまみ持っていた。ラベルに隠れてよく見えないが、どうもお茶ではない液体が入っているように思われた。

「俺はちゃんと、これにしてるからね」

助手はそう言って、ペットボトルを振ってみせた。ジーンズのポケットから潰れた煙草の箱を取りだし、一本くわえて火をつける。一連の動作は、空いた左手だけでまごつくことなく行われた。

岡夫人はようやく真相に気がついた。庭の奥のほうから、謎の液体入りペットボトルを持って出てきたらしい助手。助手いわく水分も養分も充分なのに、弱ってしまった椿の木。居心地が悪そうだった多田。

「ごめんなさい。トイレをお貸しするってことを、すっかり忘れてました」

と岡夫人は言った。

「んー、べつに」

助手はうまそうに空に向かって煙を吐いた。「多田はどこの家でも、便所は借りないよ。俺はしたくなったら借りちゃうけど、そうすると多田がいやそうな顔するんだよね」

「まあ、どうして？」

「あんまりその家のことを知っちゃうのは、失礼だと思ってるんじゃない」

助手は弧を描いてカニ歩きした。妙な動きだと思ったが、どうやら風向きの変化に応じて、煙が岡夫人のほうへ流れないよう気づかっているらしい。

「たしかに、便所見るとわかるんだよね」

「なにが？」

「どんな紙使ってるか、掃除してあるか、花が飾ってあったとしたら造花かどうか。そういうところから、そこんちの経済やマメさやセンスや、いろいろが」

そうかもしれない、と岡夫人は納得する。岡家のトイレを思い浮かべ、掃除も紙も大丈夫だけれど、置き物が変だ、と自己診断した。便器のタンクのうえに、てのひらサイズの埴輪《はにわ》が載っているのだ。町内会の一泊旅行に出かけた夫が、大阪土産と称して買ってきた。岡夫人は、一口サイズのギョウザを買ってくることを期待し、夫に頼んでもいたので、間抜けな表情をした土の人形を見てがっかりした。しかし夫は、小用のたびに埴輪と面《つら》突きあわせることに、満足しているようだ。

もう諦めたけれど、変なひと。岡夫人は内心で夫を評し、嘆息した。私の話なんてちっとも聞かず、いつも好き勝手ばかりする。

助手は短くなった煙草を手に、軽トラックにいる多田のほうへ歩いていった。岡夫人は洗濯物の入った籠を抱え、家に戻ろうとした。

玄関の引き戸が開き、つっかけを履いた夫が庭に出てきた。

「あなた、どうしたんですか」

問いかけた岡夫人に目もくれず、夫は多田と助手に近づいていく。

「おい便利屋。どうだ、証拠はつかめたか」

「残念ながら、今日はまだ一台も間引きされていませんね」

多田は身をかがめ、運行状況を記した紙を荷台から差しだした。夫は不服そうになっている。つきあっていられないと思い、岡夫人は洗濯物を居間へ運び入れた。

シャツやタオルを手早く畳みながら、窓にふと視線をやると、庭では助手と夫が取っ組みあい、多田が荷台から地面に飛びおりて助手を羽交い締めにしたところだった。目を離した数分のあいだに、なにをどうしたらあんな騒ぎになるのかわからない。岡夫人は洗濯物を膝から払い落とし、慌てて庭に出ていった。

「そんなに俺たちの仕事が信用できないなら、自分で監視すりゃいいだろ！」

「なぁにが『俺たち』だ若僧が！　便利屋はともかく、おまえはいつも仕事なんてろくにしとらんだろう！　俺ぁ、見てないようでちゃんと見てるんだぞ！」

「俺の仕事ぶりを見る暇あったら、バス停を見たらどうだよ、音痴！」

「音痴ってだれのことだ！　飯粒を運ぶ蟻を、昼じゅうボケーッと眺めていたくせに！」

罵りあいのすえ、助手は夫の禿頭に踵《かかと》落としを食らわせようとし、夫は助手の胴にタックルを決め、多田ごと地面に倒そうとした。

「なにやってるんですか、子どもじゃあるまいし！　ご近所に迷惑ですよ、そんな大声で！」

岡夫人は、その場に居合わせただれよりも大きな声で一喝した。「あなた」

「うん」

と夫が身を縮こめて返事した。

「夕飯はアジフライです。できるまで、バス停で思うぞんぶん運行状況をチェックしてきてください」

そうしないかぎり、好物を食べさせてもらえないと察したのだろう。犬はおとなしく、庭から通りへ出ていった。

してやったり、という顔をしている助手に、岡夫人は向き直る。

「助手さんもです」

「えぇー」

助手は抗議の声を上げたが、岡夫人の眼光に負け、渋々と夫のあとにつづいた。

庭に残った岡夫人は、多田と一緒に、しばらく表のバス停の気配をうかがった。言い争いは聞こえてこなかった。夫と助手は岡夫人の言いつけに従い、バス停のベンチに黙って腰かけているようだ。

「申し訳ありません」

と多田が頭を下げた。

「助手さんは、いらついているみたいね」

岡夫人は濡れ縁に多田を誘い、並んで座った。あたりはいよいよ薄暗くなり、玄関の外灯の明かりが、軽トラックの白い車体に淡く反射した。

「あなたと助手さんの喧嘩の事情を、話してみてくれない？」

「いえ、本当にくだらないことですから」

多田が頑固に口を割ろうとしないので、岡夫人は伝家の宝刀を抜くことにした。

「便利屋さん。庭の椿に立ちションしたでしょう」

多田の喉仏《のどぼとけ》が上下する。

「はい」

「あれは私が嫁入りしたときに植えてもらった、大切な木なんです」

「すみません」

「話して」

とうとう観念した多田が説明したところによると、助手と仲違いした原因には、やはり「高校の同窓会」があるのだそうだ。

「先日事務所に、同窓会の出欠を問う往復葉書が送られてきました。どうやって住所を調べたのだか知りません。俺は基本的に、高校時代の友人には仕事も居場所も教えていないんですが」

「どうして？」

「便利屋をやっていると言ったら、気をつかって依頼しなければと考えるやつもいるでしょう」

岡夫人はその答えには納得がいかず、多田の横顔を見た。多田は視線に折れたのか、頬で笑ってつけたした。

「あまり、これまでのことを詮索されたくもないので」

どうして、と岡夫人はまた尋ねたかった。好奇心のみで来歴を問うひともいるでしょうけれど、あなたのことを心配して、どうしていたのか知りたいと願うひとだっているはずよ。そう言いたかったが、我慢した。家族でも友人でも恋人でもない岡夫人が、口を出せることではない。

「そう」

とだけ言って、つづきをうながすためにうなずいてみせた。多田との距離を感じ、新婚当初に夫と喧嘩したときみたいに、さびしさとつらさが少し湧いた。

「欠席するつもりで、葉書は放っておきました。そうしたら行天が、勝手に出席に丸をつけて投函してしまったんです」

「それで喧嘩したの？　それだけで？」

「だから言ったでしょう、くだらないことだと」

「助手さんも同窓会に行くんでしょ？　そんなに怒ることないじゃない」

「あいつは行きませんよ。そのくせ、俺にだけ出席しろと言うから、腹が立つ」

岡夫人はやや混乱した。

「なぜ、あなたにだけ出席を強いるの」

「同窓会で営業してこいってことです。新規顧客の開拓のために」

「道理だと思うけど。助手さんが行かないのはなぜ？」

「さっき奥さんにも言ってたように、『べつに話すことないから』だそうです。まあ行天には、葉書自体が来てないんですが。行天がうちに転がりこんでいることはだれも知らないし、もし知っていたとしても、誘いはなかったでしょう。あいつ、友人いませんからね」

「あなたは？」

岡夫人は穏やかに聞いた。「あなたは、助手さんの友だちじゃないの？」

多田は言葉に詰まっていたが、顔にはいやそうに、「ちがいます」と書いてあった。岡夫人は笑いだしたくなった。友だちでも仕事仲間でも、なんでもいい。端《はた》からは、それなりに気が合っているように見受けられるのに、男のひとってたまに本当にばかみたいだ。つまらない意地の張りあいで、大切なことを見過ごしている。

でももしかしたら、私も似たようなものかもしれない。岡夫人は思った。もはや夫とは男と女ではなく、あまりにも長くともに時間を過ごしたために、夫婦であるという事実すらも鈍磨《どんま》してきている。けれど心のなかにある、灯火《ともしび》のようなものは消えないのだ。男女や夫婦や家族といった言葉を超えて、ただなんとなく、大事だと感じる気持ち。とても低温だがしぶとく持続する、静かな祈りにも似た境地。

諦めと惰性と使命感とほんの少しのあたたかさ。こまごまと毎日働き、自分の役目を果たすときの心情と同じ感覚で、細く結びついている。そんな関係を、一言で表す言葉はない。ないから戸惑う。あいかわらず「妻と夫」ですませて安穏としていられる夫に、苛立ちを覚える。でも一緒にいるのをやめたくはない。

その理由を「愛」と言えたなら、すごく簡単なのだけれど。

「行ってみたら、同窓会」

と岡夫人は言った。「あなたが助手さんを誘えばいいじゃない」

「新規の顧客もつかめるかもしれないから、ですか?」

多田は諦めのため息まじりで言った。

「そうそう」

「行天だけ行きゃあいいんですよ。あいつも営業をやってたんだから」

「嘘でしょう?」

「恐ろしいことに、本当です」

岡夫人は助手が営業トークをするところを想像してみた。太陽が地球を飲みこむ日を想像するよりも難しいことだった。

この世に便利屋という職業があったのは僥倖《ぎょうこう》だ。助手にとっても、会社員時代の助手の同僚にとっても、助手のいた会社の取引先にとっても。

同じようなことを考えたらしく、多田が笑った。岡夫人も笑った。

「仲直りするまで、出入り禁止ですよ」

「いつもは仲がいいように見えましたか」

多田が不思議そうに尋ねるので、

「あまりそうとも見えませんでしたけれど」

と岡夫人は正直に答えた。「助手さんだって喧嘩中じゃなければ、少なくとも、うちの夫の血圧を上げるようなことは言わなかったでしょうよ」

「すみません」

「それから、今後は立ちションも禁止です。トイレをお貸ししますから」

多田はもう、言葉もなくうなだれた。多田が埴輪と向かいあって小用を足すのかと思うと、岡夫人は愉快な気持ちになった。

助手は夫を置いて、来たバスにさっさと乗りこみ、一人でまほろ駅前に帰っていってしまったのだそうだ。バスの窓から軽やかに手を振る助手の姿が見えるようで、岡夫人は笑いをこらえるのに難儀した。

面目をつぶされたと怒る夫をなだめ、平謝りする多田に二人ぶんのアジフライを持たせて、さきほどなんとか事態を取りなしたところだ。

「まったく、けしからん若僧だ」

夫は夕飯の席で、ひとしきり文句を垂れた。

「まあまあ、帰っちゃったものは、しかたないじゃありませんか」

「おまえは呑気《のんき》だなあ。だからあの若僧になめられるんだ」

「あら、そうでしょうか」

「そうだよ」

なめられたとは、岡夫人はこれっぽっちも思わなかった。むしろ、もしだれかを見くびり、下に据えるような振る舞いができるのなら、多田も助手ももうちょっと生きやすかったかもしれないのにと思ったほどだ。

夫を風呂場へ追いたて、岡夫人は寝室にしている八畳間に布団を二組敷いた。

なんだか疲れが出てしまい、まだ風呂にも入っていないのに、服のまま自分の布団に身を横たえる。蛍光灯が天井板を青白く照らしだしている。

多田も助手も、過去に触れられたくないという点で一致を見て、喧嘩をしながらも二人で便利屋をやっていけているのかもしれない。岡夫人には、多田と助手の気持ちがよくわからなかった。触れられたくない過去など、岡夫人は持っていなかったからだ。

両親と兄弟のいるなんの変哲もない家庭に生まれ育ち、暴力癖や変態性癖があるわけでもない夫と結婚し、家事と育児に明け暮れ、反抗期がなかったわけではないが凡庸で優しい子どもたちは巣立ち、夫と二人の老後にちょっと辟易《へきえき》している。あきれるぐらい単純明快で、恥ずかしいぐらいだ。

いっそもう少し暗い影があったほうが、女として魅力的だったんじゃないかしら。寡黙で実直で過去のある便利屋が、年齢の差をものともせずよろめいてしまうぐらいに。

そんなことを夢想した岡夫人は、顔のまえの空気を急いで手で振り払った。なにを考えているのかしらねえ、私は。年甲斐もない。

体の位置をずらし、シーツの冷たい場所を探す。庭ではうるさいほど鈴虫が鳴いている。

過去に触れられたくないということは。桃色の夢想が収まったので、岡夫人は思考を再開させた。これまでの自分を消してしまいたいということだ。

でも、記憶喪失になったわけでも感情がないわけでもないのに、そんなことが可能だろうか。たとえ自分を知るものが一人もいない場所へ逃げたとしても、過去は何回でも心のなかでよみがえるだろう。

逃げても逃げても、いつかはつかまる。

かつての多田の倦んだ眼差しと、少年時代の助手の暗い穴のような目を思い出した。二人はそれぞれ、過去から貫《つらぬ》く自身の視線と、いつの日か向きあわなければならなくなるのかもしれない。

「おい、どうした」

夫に呼ばれ、岡夫人はいつのまにか閉じていたまぶたを上げた。夫は枕もとに膝をつき、岡夫人を覗きこんでいる。

「どうもしませんよ」

「いい年なんだから、黙って横になってるのはよせ。ポックリいったかと思って、心臓に悪いや」

「一人でしゃべりながら横になってるほうが、心臓に悪いと思いますけどねえ」

「おまえはすぐ、小理屈をこねていけない」

自分は偏屈のくせに、と岡夫人は思ったが、黙って布団に身を起こした。

「私はお風呂に入ってきます。あなた、薬は飲んだんですか」

「うん。でも、茶でも飲もうかな」

夫は岡夫人のあとについて廊下を歩き、居間と台所を素通りして風呂場までやってきた。

「なんなんです。お茶っ葉なら急須に入ったままですよ。ポットからお湯を入れるぐらい、自分でできるでしょう」

「うん」

夫は岡夫人が脱衣所に入るのを見届けると、居間に引き返した。どうやら、岡夫人が倒れやしないかと心配でついてきたらしい。まったく小心で困ってしまう。びくびくしなくたって大丈夫ですよ。夫の意図に気づき、岡夫人は風呂場で体を洗いながら微笑んだ。

年を取ると堪《こら》え性がなくなると言うが、本当だ。怒りや不安は場面に応じてまだ抑えることができる。けれど、愛おしいと思う心だけはあふれでてしまう。互いしかいない老後のさびしさがそうさせるのか、ひとの心を構成する本質が愛情だからなのかは定かでないが。

岡夫人が風呂から上がると、居間にいた夫は湯飲みを置いてテレビを消した。

また連れだって、寝室まで廊下を歩く。

「トイレはいいんですか。あなた、お小水が近いのに、寝るまえにお茶なんて飲んで」

「うるさい、わかってる」

夫は埴輪の立つトイレに入った。岡夫人は布団にもぐり、枕に頭を落ち着けた。

このまま目が覚めなかったらどうしようと、就寝まえに必ず思うような年になった。おやすみを言うために、岡夫人はゆるい眠気を追い払って夫を待った。

疲れたけれど、なかなか有意義な一日だった。心の帳面には、多田についての新事実が記載されたし、三つの心配事のうち、二つは解決しそうな按配《あんばい》である。

椿の木には、多田が水と肥料をやってくれた。今後、自家製の水分と養分は与えない、との約束も取りつけた。椿はきっと元気を取り戻すだろう。二週間に及ぶ多田と助手の喧嘩も、そろそろ終局を迎えそうでなによりだ。

岡夫人の残る心配事は、夫の頑迷さだが、これればかりはどうも治る気配がない。もう、どこまで頑迷になるのか見届けるのも一興かもしれないと思われてきた。死んでも頑固に成仏せず、横中バスに乗って岡夫人のもとに帰ってきそうである。

岡夫人が布団のなかでくすくす笑っていると、トイレをすませた夫がやってきて、

「気味が悪《わり》ぃな、おい」

と言った。「黙って寝ろ」

「さっきは黙って寝るなと言ったのに、どっちなんですか」

「あー、うるさいうるさい。電気消す」

宣言どおり夫は蛍光灯の紐を引き、寝室は暗くなった。

「おやすみなさい」

「おやすみ」

表の通りを車が走る音がする。水の流れのように、音は次々と近づき遠のいていく。

岡夫人は寝返りを打ち、隣の布団にいる夫のほうへ体を向けた。闇に慣れた目に、夫の頭の丸い形が見て取れた。

「ねえ。あなた案外、多田便利軒の二人を気に入っているでしょう」

眠ってしまったのかと思うほどときが経ってから、ぶっきらぼうな返事があった。

「そうじゃなきゃ、大事な証拠集めの仕事は頼まねえよ」

間引き運転の証拠は、たぶん見つからないままだろう。見つからないかぎり、夫は多田便利軒

に仕事を依頼しつづける。顔を合わせては、夫が嫌味を言ったり、助手が怒ったり、多田が仲裁したりの日常は繰り返される。

子どもっぽいんだから。岡夫人は体勢を仰向けに戻した。会いにきてほしいなら、おかしな理由などつけず、ただ電話をすればいい。

多田便利軒は、どんな雑用も引き受けてくれる便利屋なのだから。多田は否と言えない、真面目な便利屋なのだから。老人のおしゃべりにも、律儀に応じてくれるはずだ。

次は同窓会に行った話を聞けるかしら。眠りの道をたどりながら、岡夫人は考えた。助手はまた騒動を起こし、多田は旧友に頭を下げることになるのかしら。その顚末《てんまつ》をぜひ聞きたいものだけれど、明日、目が覚めなかったとしても、それはそれでいいかもしれない。

そう思える程度にいい一日を過ごせて、岡夫人は満足だった。

夫がいびきをかきはじめた。岡夫人は半ば夢のなかで、隣の布団に手を入れる。

触れた夫の手はあたたかかった。

由良公は運が悪い

その日は土曜だったので、田村由良《たむらゆら》は寝坊して朝の十時に目が覚めた。

小学五年生ともなると、なかなか忙しい毎日だ。まほろ駅前の塾には、月火木金と週に四日も通っているし、日曜日は横浜にある塾の本部校舎まで行って、全国模試に毎週挑まなければならない。当然、平日は小学校で授業を受け、子ども同士の社交にも気を抜かず勤しむ。

週に一度の休みの日ぐらい、寝過ごしたってまあいいだろう。由良は元気よくベッドから床に足を下ろした。でも、どうして父さんも母さんも起こしてくれなかったのかな。今日は家族で「まほろ自然の森公園」へ遊びにいって、昼は駅前で買い物がてら食事をしようと言っていたのに。天気が悪くて、朝からの外出は取りやめにしたのかもしれない。

部屋のカーテンを開けると、薄水色の空が広がっていた。あれ、晴れてるじゃん。由良は首をかしげたが、とりあえず着替えることにした。十月半ばになり、さすがに裸のままうろうろしたくはない気温だ。着る服を選んでベッドに並べてから、パジャマを脱ぐ。

手早く着替え、父親が買ってくれたお気に入りの室内履きをつっかけた。爪先に怪獣の顔がついた室内履きは、もこもこしていて履き心地がいい。足を包む柔らかさを味わいながら、「おはよう」とリビングのドアを開けた。

だれもいない。テーブルにシリアルの巨大な箱が載っており、箱の下からメモが覗いていた。

「由良へ　システム障害が起きたのでお父さんは会社へ、風邪を引いたひとのかわりにお母さんは接待ゴルフへ、急に出かけることになりました。ごめんね。公園へは来週行きましょう。帰りは遅くなるかもしれないので、ご飯は適当に食べてください。お金は引き出しに入っています」

なーんだ。由良はがっかりし、シリアルを深皿に盛って牛乳をかけた。せっかくの土曜日なのに、システム障害を起こしたり風邪を引いたりしないでほしい。おかげで俺は暇になってしまった。母さんたちも、せめて俺に声をかけてから行ってくれればいいのに。

チョコレート味のシリアルを食べながら、母親の書いたメモをもう一度読みかえす。なんだか昔話みたいだなと思ったら、少し気が晴れた。おじいさんは山へ柴刈りに。おばあさんは川へ洗濯に。いつものことだ。両親は忙しいのだから、しかたがない。

由良は諦めを知っている。むなしさに押しつぶされず、さびしさをやりすごすために必要な、生きるうえでのたしなみだと思っている。

皿を洗い、キッチンの引き出しを開ける。めずらしく三千円も入っていた。母親は、子どもにお金を渡すのは非行のはじまり、と言って、ふだんはご飯代に五百円しかくれない。今回はさすがに、由良に悪いことをしたと思ったようだ。

三千円あれば、昼と夜に好きなものを外で食べ、さらに遊ぶこともできる。由良は千円札三枚を畳み、バスの定期券が入ったパスケースに収めた。なにを食べよう。マクドナルドのベーコンレタスバーガーセットだって頼めるぞ。うきうきしながら、パスケースと携帯電話をポケットにねじこむ。いつもは五百円しかないので、チーズバーガーセットで我慢しているのだ。戸締まりをし、エレベーターに乗って一階へ下りる。いや、待てよ。ご飯はコンビニでカップラーメンを買ってすませ、浮いたお金で豪遊するって手もある。漫画を買ってもいいし、ゲーセンに行くのもいいな。

マンションのエントランスを抜けて表に出ると、爽やかな秋の風が頰をかすめた。パークヒルズと総称される高台のマンション群は、今日も整然と清潔にそびえている。振り仰ぐと、いくつも並んだ窓ガラスが光を反射し、まぶしいほどだ。住人共用の庭園と、ゆるやかな坂になったアプローチには、手入れの行き届いた樹木が礼儀正しく植わっている。まだ紅葉のはじまらない緑の葉越しに、遠くまほろ中心部のビル街が見えた。

軍資金があっても、仲間がいないのでは楽しさも半減だ。同じくパークヒルズに住む友人を呼びだそうと、由良は携帯をポケットから出した。

電池切れだった。そろそろ電池が切れそうだと思って、昨夜ちゃんと充電器に置いたはずなのに、うまくはまっていなかったみたいだ。かといって、またエレベーターに乗って部屋に戻るのも面倒だ。

由良は舌打ちし、友だちを誘うのはやめにしてバス停へ向かった。パークヒルズの敷地内かバス停で、見知った顔に会えるのではないかと期待したが、歩いているのは由良より小さな子どもをつれた若い夫婦だけだった。

　どうせ友だちはみんな、とうにどこかへ遊びにいったか、家でくつろいでいるかだろう。どちらにしても、親と一緒に。電話をしても、家まで呼びにいっても、きっとがっかりするだけだ。だからこれでよかったんだと、バス停でバスを待つあいだに、由良は気持ちを切り替えた。

　パークヒルズが始発のバスは、十人ほどの客を乗せ、まほろ駅を指して発車した。うしろのほうの二人がけの座席に、由良は一人で座った。乗客のほとんどは家族づれで、これから見る映画の話や、駅前のデパートをどういう順番でめぐるかの相談やらをしている。なんだか楽しそうだ。由良はバスの窓から外を眺めた。バスは途中の停留所で二、三回停まり、数人の老人を乗せた。

　まほろ駅に近づくにつれ、道路はどんどん混んできた。

　まほろ市は駅前に店が集中し、一大繁華街を築いているわりに、郊外から中心部まで通じる道が少ない。必然的に、渋滞が起きる。週末ともなれば、中心部周辺の道路の混雑は並大抵ではない。駅前まで一キロちょっとというところで、由良を乗せたバスはちっとも動かなくなってしまった。

　降りて歩こうかなあ。でも、あの信号が変われば、車が流れだすかもしれない。座ったまま前方の交差点を見晴るかしていた由良は、顔の横の窓ガラスがドンドンと鳴ったので、驚いて外を見た。

　停止したバスの脇に男が立ち、由良を見上げて笑いかけている。

便利屋の、変なほうのおっさんだ……！

由良は気づかなかったふりで、急いで顔の向きを前方に戻した。なんて名前だっけ。そうだ、ギョーテンとかいった。

由良の母親は以前、まほろ駅前で便利屋を営む多田という男に、塾から家まで由良を送り届けるよう依頼した。なんだかんだあったが、多田は依頼を完遂し、依頼には含まれていなかった厄介事まで解決してくれた。由良は多田のことは、暑苦しいけど、まあいいおっさんだと思っている。

でも問題は、多田の助手のギョーテンだ。ギョーテンは仕事のあいだも、そのあとも、由良を奇怪な言動で振りまわした。しかも、由良をすごくぞんざいに扱う。子どものまえで平気で煙草を吸うし、言ってることの意味はよくわからないしで、由良はギョーテンが苦手だ。

大人ってのは、だいたい子どもを思いやるものだ、と由良は思う。たとえば寿司屋に行ったら、自分のぶんとはべつに、サビ抜きのにぎりを注文してくれたりする。ところがギョーテンときたら、由良の口にはワサビの塊をねじこんでおいて、自分はうまそうに大トロのにぎりを食うようなやつなのだ。これはあくまでたとえで、実際にはギョーテンが寿司をおごってくれたことも、そんな甲斐性も、全然ないのだが。とにかく大人の図体をした子どもだ。由良はギョーテンとどう接したものか、いつもドギマギしてしまう。

由良が無視を決めこんだのに、いまもギョーテンはしつこく窓ガラスを叩き、

「おーい、ユラコー。降りてこいって」

などと大声で呼びかけてくる。なんだよ、ユラコーって。多田は由良を「由良公」と呼ぶのだが、ギョーテンの「ユラコー」はイントネーションが妙だ。「クスコの壁画」の「クスコ」と同じアクセントで、語尾が間延びしている。バスの乗客がちらちらと視線を寄越しはじめたので、由良は身を縮めた。車外に立つのが俺の知りあいだと、絶対に思われたくない。

「ユラコーだよね？　あれ、ちがうのかな。ユラコーっぽいあんた！」

ギョーテンはまだ呼びかけてくる。自信ないなら、呼ぶのよせよ。由良は頑なにまえだけを見ていた。交差点の信号が青に変わり、やっと車列が動きだす。

さすがに諦めただろうと外をうかがうと、ギョーテンがバスと並行して歩道を疾走している。行く手には、駅前に至るあいだの最後のバス停がある。まさか、あそこから乗りこんでくるつもりなのか。なんで！

由良はバスが速く進むよう祈ったが、あいにく渋滞はつづいていて、のろのろ運転だ。ギョーテンは軽々とバスを追い抜かし、停留所に立った。遭難者もかくやの勢いで両腕を振り、運転手に向かって合図している。

竜の刺繍入りジャンパーを着た男の出現に、乗客の視線が集まった。だがギョーテンは気にするふうでもない。全力疾走で乱れた髪を整えもせず、視線を浴びながら悠然と通路を歩んできて、当然のように由良の隣に腰を下ろした。

「やっぱりユラコーじゃない。なんで無視するんだよ」

なんであんたになごやかに会釈する必要があるんだよ、と由良は思った。

「どこ行くの？」

「このバスに乗ってんだから、駅前に決まってるだろ」

「駅前でなにすんの」

「べつに」

「俺もついてこっと」

「なんで！」

なんでか知りたい？　とギョーテンは微笑んだ。知りたくない、と思ったが、ギョーテンに腕を取られるまま、最後部の座席に移動する。バスの車幅ぶんある横長の座席には、赤ん坊を抱いた女とその夫らしき男が座っていた。ギョーテンは、「ちょっとごめんね」と夫婦に場所を空《あ》けさせると、座席の真ん中に膝をつき、バスのうしろの窓から、いま来た道を見下ろした。

「ほら、あれ」

うながされ、由良もギョーテンの隣に膝立ちして、窓を覗いた。バスのすぐうしろにつく形で、白い軽トラックが走っていた。運転席にいるのは、便利屋の多田だ。ギョーテンに気づき、多田はこちらをにらみあげてきた。

「……なんか怒ってるみたいだけど」

「うん。俺が軽トラから飛びだしちゃったから」

ギョーテンは多田に向かって手を一振りし、最後部の座席に腰を落ち着けた。由良もちゃんと座り直す。

「さっき、左折待ちしてた俺たちのまえを、このバスが通りすぎたんだよ。あ、ユラコーが乗ってるなあ、って気づいてさ。バスのうしろについたところで、渋滞に引っかかったから、ちょうどいいやと思って」

「俺に用でもあったの？」

「ないよ。今日は、多田と一緒にいるとちょっとまずいってだけ」

やっぱり、なにを言ってんだかさっぱり意味がわからない。由良はギョーテンの真意を質《ただ》すのはやめにした。聞いたって無駄だ。バスが駅前に着いたら、振りきって雑踏にまぎれてしまえばいい。

と思ったのに、まほろ駅前に着くやいなや、ギョーテンは由良の腕をつかんでバスを降り、ひとでごった返す道を駆けだした。

「ちょっと、なんなんだよ！」

由良が抗議の声を上げても、おかまいなしだ。背後から多田の怒鳴り声がした。

「こらー、行天！　止まれ！」

「って言われて、止まるわけないじゃんねえ」

振り返ると、軽トラックを強引に路上駐車した多田が、歩道で拳を振りあげている。

「五時にエムシーホテルの『孔雀《くじやく》の間』だからな！　来なかったら解雇すんぞ！」

通りを渡ったギョーテンは、

「やだね！」

と多田に怒鳴り返した。「ボーナスもないのに、なにが解雇だ。俺は今日、ユラコーのお守《も》りを言いつかったから行かないよ！」

そんなことを言いつけた覚えはない。ギョーテンに引きずられていく由良は、多田に向かって、必死に首を振ってみせるしかなかったのだった。


走ったというか走らされたので、喉が渇いた。座って一休みしたい。由良は、「わかったから」とギョーテンの手を振りほどいた。

「とりあえず、話だけは聞いてやるから。マック寄ろ」

「いいけど」

ギョーテンは、黄色いMの字の看板を見上げた。「なんか食べる？」

「まだ腹すいてないから、飲み物だけでいいよ。俺、コーラね。席取っとく」

言い置いて、さっさと地下の客席へ行った。まほろ大通りを引きずりまわされたのだから、コーラぐらいおごらせてやってもかまわないだろう。

昼には少し早いせいで、席はけっこう空いていた。奥の壁際のテーブルに陣取って待っていると、ギョーテンはMサイズの紙コップを両手にひとつずつ持って、階段を下りてきた。自分のぶんの飲み物を、早くもストローをくわえて飲んでいる。

行儀とか、そういうのをどう考えてんのかなあ。なにも考えてないんだろうなあ。

癇性《かんしょう》なところのある由良は、ナフキンでテーブルを拭き終え、「ありがと」とギョーテンからコップを受け取った。

ストローで一口吸いあげ、思わずむせる。

「これ、コーヒーじゃん！　そっちがコーラなんじゃないの」

「うん」

ギョーテンは、小さなテーブルを挟んで向かいに座った。「そうかな、と思ったんだけど、もう口をつけちゃったから。取り替える？」

ぶくぶくぶくと、コップに息を吹きこんでいる。

「いい」

とはいえ、苦くて飲めない。由良が受け取ったコップの蓋は、中身の見分けがつくように、突起部分がちゃんとへこませてあった。店員に、「へこんでるほうがアイスコーヒーです」と言われたはずなのに、ギョーテンは聞いちゃいなかったんだろう。

ギョーテンにガムシロップとクリームを二個ずつ取ってこさせ、やっと喉を潤した。

「で？　なんなんだよ。俺はあんたにお守りなんかしてもらわなくていいんだけど」

「うん。でも、つきあってよ。ユラコーと一緒にいれば、多田もあとからうるさいこと言わないと思うしさ」

「一緒にいた、って言っとけばいいだろ」

「嘘はよくない」

「はあ？」

由良は鼻で笑った。「仕事をさぼろうとしてるくせに。五時からなんか用があんだろ?」

「仕事じゃない。同窓会」

「行けばいいじゃん、そんなの」

「やだ」

「なんで」

「いろいろあるんだよ」

ギョーテンは大人ぶった口調で言い、ずるずるずるずると最後の一滴までコーラをすすった。

「じゃあ、ついてきてもいいけど」

由良はしかたなく譲歩した。「飯はギョーテンのおごりだからな」

「えぇー」

「つきあってやるんだから、そんぐらいしろよ」

これで三千円をまるまる遊びに使える。由良はまず、まほろ大通りの本屋に行って、少年漫画の新刊を三冊買った。ギョーテンはついてきた。次に、ゲームセンター「スコーピオン」へ行き、千円ぶんをコインに換えた。シューティングゲームは得意なので、わりと時間をつぶせた。由良が真剣にボタンを連打しているあいだ、ギョーテンは空いたゲーム機のまえに座って、由良の買った漫画を読んでいた。なんで俺よりさきに読むんだよ、と思ったが、相手にするのも癪なので放っておいた。

コインを使いはたし、上手なひと同士の対戦を見物するうち、腹が減ってきた。時計を見ると一時過ぎだ。ギョーテンはと店内を見まわしたが、いない。気が変わって、つきまとうのはやめたのだろうか。勝手なやつ、と由良は腹を立てた。残金は七百七十円しかないのだ。ギョーテンにおごってもらえないのなら、二食ぶんの食べ物を買って、家に帰るしかない。計画は大幅に変更だ。

ここで千円も使わなきゃよかった。悔やみながら「スコーピオン」を出ると、店外に設置されたUFOキャッチャーのまえで、ギョーテンが這いつくばっていた。

「なにしてんの！」

びっくりして声をかけてから、無視するべきだったと後悔した。

「あ、終わった?」

ギョーテンは立ちあがり、本屋の袋についた埃を払った。「小銭が落ちてることがあるんだよね。今日はなかったけど」

サイテーだ。こうはなりたくないという大人の見本だ。自分が小銭拾いをしたわけでもないのに、由良はなぜだか赤面したい気持ちになり、憤然と大通りを歩きだした。ギョーテンはついてきた。

「俺、腹へったんだけど」

隣を歩くギョーテンに催促すると、

「俺も」

とギョーテンは言った。

「俺も、じゃなくてさ。どっか店入ろうよ。ラーメンがいいな」

ギョーテンの右手が、目の前に突きだされた。由良は、ギョーテンの小指の根もとにある古い傷跡を眺めてから、掌に載った八円に視線を移す。

「なに、これ」

「俺の全財産」

「あんた、どんだけ貧乏なんだよ!」

由良はあきれて叫んだ。「もういい、帰る!」

「まあまあ、落ち着きなって」

由良の手の届かない位置に本屋の袋を掲げ、ギョーテンはのんびり言った。「ご飯なら食べさせてあげるからさ」

「汚いぞ」

歯ぎしりする由良をよそに、ギョーテンは袋を頭上に掲げたまま歩いていく。せっかく買った新刊漫画を取り戻さなければ、なんのために駅前まで来たのだかわからない。すごく恥ずかしかったが、由良は少し距離を置いて、袋ごと左腕を天へ突きあげた恰好のギョーテンについていった。

カラオケボックスの入口に立ったギョーテンは、店に入っていく人々をしばらく物色した。男女数人のグループや、カップルや、家族。さまざまな客が出入りするなかでギョーテンが呼び止めたのは、大学生らしき華やかな女の子三人だった。

「ねえ」

と声をかけられた三人は、店に入ろうとした足を止め、警戒心むきだしで振り返った。「悪いんだけど、ちょっと飯食わせてくんない。お代は俺の歌声で」

馬鹿じゃん、と由良は思った。いきなりそんな突拍子もないことを、まして風体のいかにも怪しい男に言われて、うなずくひとなんかいるわけない。

ところが、ギョーテンが微笑んでみせると、女の子たちは顔を見合わせ、「えー？」「どうする？」などと言いはじめた。こいつ、自分の顔の使いかたをよく知ってんな。いやなやつ。由良はギョーテンを見上げ、内心で悪態をついた。いままでお目にかかったことのない、ひとなつこい笑みを浮かべ、ギョーテンは由良の肩を引き寄せた。

「あ、こいつは甥《おい》っ子のユラコー。今朝、急に姉貴に世話を押しつけられたんだ。でも俺、パチンコですっちゃってさ」

三人はますます警戒心を解き、「えー？」「かわいそー」「ていうか、かわいー。いくつ？」と、由良に笑顔を向けた。子ども大好き、という対ギョーテン用のアピールのようだ。馬鹿にすんな、と思ったが、ギョーテンに背中を小突かれ、女の子たちのいい香りが鼻先をくすぐりもしたので、

「小学校五年です」

と答えた。女の子三人は、「えー？」「どうしよっかー」「サービスタイムだしぃ」と、またひとしきり相談をはじめたが、

「ちなみに俺、すごく歌うまい」

とギョーテンが駄目押しすると、とうとう「いいよ」とうなずいた。

「でも、ヘンなことしたら、すぐ店員さん呼ぶからね」

「あー、大丈夫大丈夫。俺、腕っぷしも下半身も弱いから」

「ばーか」

ミキ、フミ、ユウと名乗った三人は、ドリンク飲み放題で部屋を三時間押さえたうえに、由良のために焼きそばを注文してくれた。由良は本当はチキンバスケットを頼みたかったのだが、注文を取りにきた店員に、「申し訳ありませんが本日、チキンのほう、品切れとなっております」と先手を打たれてしまった。

ソファに座ったギョーテンは、ややして運ばれてきた焼きそばを、「食べなよ」と自分が金を払った品のように由良に勧めた。

「あんたは？」

「俺はいい」

由良はおそるおそる焼きそばに手をつけた。なんだか麺がふやけ、味はぼやけているが、食べられないこともない。

ミキ、フミ、ユウは、用心のためか戸口とインターフォンに近い位置に座り、分厚い冊子をめくっている。

「ユラコーも選んで」

と三人に言われたのだが、由良はカラオケボックスに来たのははじめてで、勝手がよくわからなかった。ひとまずやりかたを観察しようと考え、「あとでいいです」と辞退した。

「じゃあ、ユラコーのおじさん。なに歌う？」

「なんでも」

「うっそ、適当に入れちゃうよ」

流れだしたのは、『もののけ姫』のテーマ曲だ。ギョーテンはマイクを手に、直立不動の体勢で歌いだした。予想以上の大音声が部屋に響きわたり、由良は焼きそばを噴いた。裏声が気色悪いが、たしかに音はまったくはずしていない。

「うまーい！」

「マジうける！」

半目になって歌うギョーテンに、女の子三人は笑いころげ、やんやの大喝采だ。歌い終えるとギョーテンは、

「スカウト来ちゃうかもね」

と由良にささやいて笑った。

それから二時間、ミキ、フミ、ユウとギョーテンは、順番にありとあらゆる歌を歌いまくった。ギョーテンは、テレビなどでよく耳にする曲なら、最近のものでもたいてい歌えるようだった。おっさんのくせに、と由良は思った。

「一度聞くと、わりと覚えちゃうんだよ」

ギョーテンは言った。「でも、ちがう曲みたいに音をはずすこともできる」

試しに、とギョーテンがやってみせたお経風ミスチルやフォークロック的語りかけ口調の矢沢永吉は、女子大生三人と由良を悶絶させた。

「ユラコーのおじさん、超おもしろいね」

ギョーテンがトイレに立った隙に、ミキがにじんだ涙をぬぐって言った。ミキの唇はウーロン茶を飲んでも、腫れたみたいにつやつやのままだ。どんな口紅なんだろう。唇を凝視しながら、由良は「うん」とうなずいた。

「遠慮しないで、ユラコーももっと歌いな」

フミが冊子を差しだした。もう仕組みはわかっていたので、由良は『あらいぐまラスカル』の主題歌を入れた。夜はほとんど塾にいるため、テレビの歌番組を見ることもなく、由良は最近の歌手に疎《うと》い。辛うじて歌えたのは、DVDでよく見ている「世界名作劇場」のアニメソングぐらいだったが、三人は喜んでくれた。いまも画面に映しだされたアニメを、

「かわいー!」

「はじめて見たよ、こんなの」

「なにこの動物!」

と興味津々で眺めている。「だから、あらいぐまのラスカルだってば」と由良は思った。

ギョーテンはなかなか戻ってこなかった。

「さきに帰っちゃったのかなあ。なんかフラフラしてそうなおじさんだもんね」

ユウが残念そうに言ったので、

「ちょっと見てきます」

と由良は席を立った。

「もしいなかったら、戻っておいでね」

「お金ないんでしょ？　家まで送ってってあげるから」

「変なひとについてっちゃだめだよ」

親切だ。室内の三人にお辞儀し、ドアを閉めた。

その階のトイレにギョーテンはいなかった。由良はため息をつき、尻ポケットのパスケースをたしかめる。もう漫画は諦めて、帰っちゃおうかな。

廊下の奥に非常口があったので、念のためドアを開けてみた。外階段の踊り場で、ギョーテンが煙草を吸っていた。本屋の袋を小脇に抱え、手すりに腹を預けている。まえのめりに転落しそうだ。

由良が隣に立つと、

「遅かったね」

とギョーテンは言った。「俺、声がかれてきちゃった。そろそろ出ようよ」

ふいと部屋を出ていったくせに、由良が待ち合わせに遅れたみたいな言いかただ。なんなんだよ、ともう何度目かの憤りを感じたが、ギョーテンの姿を見つけたとき、置き去りにされたんじゃなかったんだと、少しうれしかったのも事実だ。

ギョーテンが煙草を吸い終わるのを待つあいだ、由良も黙って手すりに寄り、三階の踊り場からあたりを眺めた。裏通りに建つ古い雑居ビルと、テレクラの看板と、入り組んだ細い道の一部が見えるだけだ。

雑居ビルのひとつから、ちょうど男が出てきた。由良は、「あれ？」と身を乗りだす。

「なに、知りあい？」

「うーん……」

遠目で定かではないが、猫背気味の姿勢といい、薄っぺらい体型といい、あれはたぶん。「塾で算数を教えてくれてる、小柳《こやなぎ》先生だと思う」

冴えない銀縁の眼鏡をかけた小柳は、年はギョーテンと同じぐらいだろう。いつもおどおどして、教室の黒板のまえに立つときも気弱そうな笑みを浮かべている。教えかたは丁寧なので、由良は嫌いじゃなかったが、女子のなかには「きもい」と言うものもいる。

いま、細い道を行く小柳は、ふだんの影の薄さもどこへやら。浮き立つ気持ちを抑えきれないようで、足早に角を曲がった。

「ふうん」

ギョーテンは、踊り場に落とした吸い殻をスニーカーでねじ消した。「あとをつけよう」

「なんで！」

「あのひと、テレクラから出てきたんだよ。テレクラってわかる？」

「まあ、なんとなく」

「うまくすると、センセーを脅すネタがつかめるかもしれない」

「脅す必要なんかないよ。俺は充分、成績いいんだから」

由良はびっくりして止めたのだが、ギョーテンはもちろん聞いていない。

「はいはい、自慢はいいから早く追おう」

早くって言われても。由良は戸惑った。踊り場からさきは、由良の背丈ほどの柵で封鎖され、すぐには階段へ下りられないようになっていた。非常階段から客を逃走させないためらしい。柵には有刺鉄線が絡みついている。

しかし、恐れを知らぬギョーテンは、踊り場の支柱をつかんで手すりによじのぼった。

「ここ三階！」

「平気だって」

ギョーテンは中空に半ば尻を突きだす恰好で、大外《おおそと》から有刺鉄線の柵をよけ、階段に降り立つ。

「ほら、ユラコーも来な。センセーを見失っちゃうよ」

由良はためらったが、ギョーテンに意気地なしと思われるのは屈辱だ。支柱にすがって手すりに立った。目がくらみそうだ。ギョーテンが腕をのばし、ズボンのウエストをつかんだ。

「支えてあげるから、大丈夫」

覚悟を決め、柵をよけて一息に手すりのうえを移動する。ギョーテンの掌に力がこもり、引っぱられたと思った瞬間には、無事に階段に着地していた。ズボンを有刺鉄線に引っかけた気もするが、確認している暇はない。ギョーテンはもう非常階段を駆け下り、細い道に飛びだしている。

由良も慌ててあとを追った。

小柳の曲がった方向に角を折れると、由良がこれまで足を踏み入れたことのない、雑然とした町並みが広がっていた。道幅は狭いが、小さな八百屋や文房具屋や居酒屋が並んでいて、活気がある。まほろ大通りの一本裏に、こんな場所があるとは知らなかった。

「このへんは、バブルのときも地上げに遭わなかったんだよ」

ギョーテンは野生の勘なのか単なる当てずっぽうなのか、進む道を淀《よど》みなく選んだ。「バブルって知ってる？」

「まあ、なんとなく」

「俺も、なんとなくしか知らないんだけどね。全然関係なかったから」

そう言って笑ったギョーテンが、急に足を止めた。由良はギョーテンの背中に鼻をぶつけた。

「なんだよ、もう」

「しーっ。センセー発見」

T字路の陰からそっと顔を出し、ギョーテンの指すほうを覗く。狭い範囲に、コンビニエンスストアがなぜか三軒もある区画だった。小柳は、そのうちの一軒のまえに立っている。

やっぱり小柳先生だ。今日は先生、受け持ってるクラスがない日なんだろうか。でも、いつもと同じ灰色の背広だ。あれはスーツじゃなくて、背広って感じだよな。グレーじゃなくて灰色だし。あっ、でもでも、いつもとちがうネクタイだ。あんな赤い色の、オシャレっぽいネクタイを先生がしてるのは、はじめて見る。

咄嗟のうちにあれこれ想念がよぎったが、口から出たのは、

「あんなとこで、なにしてんのかな」

という疑問だった。

「なにって」

ギョーテンが煙草に火をつけた。「約束を取りつけた女を待ってるんでしょ」

その言葉どおり、まほろ大通りのほうから、若い女が足早にやってきた。スカートがやや短い以外は、服装も顔立ちも目立つところのない女だ。女はコンビニのまえを一回往復し、思いきったように小柳に声をかけた。小柳はうなずき、二人は二言、三言、言葉を交わすと、連れだって歩きだした。

「どう見ても、十八歳未満だね」

ギョーテンはうれしそうに尾行を開始した。「半分美人局《つつもたせ》作戦、発令!」

「ツツモタセってなに」

「女と示しあわせておいて、現場に踏みこんで男から金品を巻きあげること」

「犯罪じゃん!」

「なにをいまさら。センセーを脅さないと、晩飯が食えない」

「そうだけど……」

カラオケボックスで自分だけ焼きそばを食べた引け目があったので、由良は強く出られなかった。「いつ、あの女のひと示しあわせたの」

「あわせてない。だから半分って言ったの」

小柳と女はまほろ大通りに出て、ＪＲまほろ駅のほうへ歩いていく。ギョーテンは吸いさしを、自動販売機の横に設置された灰皿に捨てた。土曜日の大通りは、買い物客でにぎわっている。二人を見失わないように、二人に尾行を気づかれないように、由良とギョーテンは注意深く進んだ。

大人の秘密を探っているんだと思うと、由良はだんだん高揚してきた。小柳と女は特に会話をするでもなく、ＪＲまほろ駅の構内を通り抜け、駅裏に消えた。

「ユラコー」

と、ギョーテンは神妙な顔つきで由良を見た。「性教育の授業ってもうあった？」

「なんだよ」

急な話題に、由良は自分の頬に血が上るのを感じた。「あったよ」

「じゃあ、赤ん坊は次のうち、どれが原因でできるでしょう。一、コウノトリの托卵《たくらん》。二、キャベツの乱獲。三、避妊の失敗」

こいつの言うこと、ホントに意味わかんない。由良は髪の毛を掻きむしりたくなった。まほろの駅裏がいかがわしい場所らしいということぐらい、由良だって聞きかじっている。

「ごちゃごちゃ言ってないで、さっさと行くぞ」

由良はさきに立って歩いた。駅の階段を下りてすぐに、木造の古い平屋が並ぶ通りがあった。どの家も静まりかえっている。ひとが住んでいる様子はないが、打ち捨てられた廃屋という感じもしない。夜になったら、当然のように毎晩明かりが灯《とも》っていそうな、なにものかの気配のなごりがある。

なんなんだろ、この建物。由良は少し薄気味悪く思った。

通りを抜け、川を渡るとラブホテル街だった。小柳と女は、壁がクリーム色をしたホテルのまえで、料金表を見ている。

「日のあるうちから、いきなりホテル」

ギョーテンがつぶやいた。「顔なじみってわけでもなさそうだったのに、展開が早いな」

はじめて間近にする派手なホテルの群れに、由良は圧倒されていた。お城だったり、洋館だったり、外壁に取りつけられた大きなライオンの口から水が噴きだしていたり、屋根に自由の女神が立っていたり。どの建物も趣向が凝らされ、テーマパークみたいだ。手にかいた汗をズボンの尻でぬぐう。

そのとき、大変なことに気がついた。

「あああああ！」

叫んだとたん、由良はギョーテンに腰を抱えられ、近くにあったホテルの壁の内側に引っぱりこまれた。入口の自動ドアが間抜けな速度で開き、「いらっしゃいませ」とテープの音声が言った。だれもくぐるものがないまま、ドアは少ししてから、また間抜けな速度で閉まった。

「センセーに気づかれたらどうすんの」

壁の裏にひそみ、ギョーテンは小声で言った。「急に雄叫び上げるの禁止！」

「ごめん」

由良は素直に謝った。「でも俺、パスケースを落としちゃったみたいなんだ」

尻ポケットに、穴が開いていた。有刺鉄線に引っかけたときだろうか。ちっとも気づかなかった。

「小銭もバスの定期もそのなかだから、マジで帰れない」

「えぇー」

ギョーテンは情けなく眉を下げた。「携帯は？　持ってないの？」

「持ってるけど、充電が切れてる。どうしよう」

「どうしようって」

ギョーテンは壁から顔だけ出し、クリーム色のホテルのほうをうかがった。「やっぱり、センセーからちょっと借りるしかないでしょ」

ところが小柳と女の姿は、いまの騒動のあいだに消えていた。クリーム色のホテルに入ったのか、べつのホテルにしたのか、ホテル街そのものから出ていったのか、どこにも見あたらない。

「ユラコーが肝心なときに吼《ほ》えるから」

ホテル街を一周したギョーテンは、目に見えて意気消沈した。「ホテルに入る寸前で、センセーに声かけてやろうと思ってたのに」

まだ五時にもなっていないはずだが、早くも日が傾きはじめている。冬が近いんだなと思い、由良はなんだかさびしい気持ちがした。

「ねえ」

と由良は言った。「エムシーホテルに行くしかないよ」

「やだ」

「エムシーホテルに行けば、五時には必ず、便利屋のおっさんに会えるんだろ？　俺、おっさんに金借りる」

「絶対やだ」

とギョーテンは言い張った。

けばけばしいネオンが灯りだす。悄然《しょうぜん》とたたずむ由良の視界の隅に、動くものが映った。小柳といた女が、人目を憚《はばか》るそぶりで、クリーム色のホテルの裏口から出てきた。つづいて、若い男が三人。

「ちょっとギョーテン、あれ」

由良が人影を指さすと、ギョーテンも事態を察したようで、息を吹き返した子馬みたいに跳ねあがった。

「やった、本物の美人局だ！」

止める間もあらばこそ、ギョーテンは若い男のほうへ走っていく。「センセーから取った金、ちょっとくれ！」

三人の男は緊迫した様子で身構えた。

「なんだ、こいつ」

「おい、走れ！」

その言葉に撃たれたように反応し、女が駅へ逃げていく。ギョーテンは女には目もくれず、

「晩飯代程度でいい」

と三人を相手に交渉しだした。もちろん、三人は間合いをはかり、無言でギョーテンをにらむばかりだ。

「それがだめなら、電話代の十円でもいいんだけど」

なんだか、しょぼい話になってきたなあ。由良はため息をつき、角《かど》に隠れて推移を見守った。

そこへ、殴られたのか頬を腫らし、背広を着乱した小柳が、正規の出入り口からとぼとぼ出てきた。由良の迷いは数秒だった。

「小柳先生！」

と、呼び止める。裏口のほうでは、「やっちまえ！」と殺気立つ男の声と、「えぇー、やめようよ。ほんとに十円でいいんだってば」とのんびり応じるギョーテンの声がした。気が気じゃないが、小柳になんとかしてもらったほうが早そうだ。

小柳は怯えたように、足を止めて振り返った。由良は急いで駆け寄った。

「田村くん？」

眼鏡の奥で、気弱そうな小柳の目が揺れていた。「どうしてこんなところに」

説明している暇はない。

「先生、ツツモタセに遭ったんですよね。あっちで知りあいが、そいつらと喧嘩してるんです」

早く携帯で警察を呼んでください。ついでに家までのバス代、二百三十円を貸してもらえると

助かります。

由良はそう言いたかったのだが、声を途切れさせた。小柳が、見かけによらぬ力で由良の胸ぐらをつかんだからだ。

「おまえ、あいつらとグルなんだな?」

絞めあげられ、驚きと苦しさに息が詰まった。「脅すつもりか、ガキが。馬鹿にしやがって!」

なんで俺が、こんな目に遭わなきゃなんないんだよ!

「ギョーテン! ギョーテーン!」

死にものぐるいで喉を開き、由良は叫んだ。建物の角をまわって足音が近づいてきたかと思うと、由良の腰を強い腕が引いた。さっき、壁の内側に引っぱりこまれたときと同じ感触だ。ギョーテンだ。

一瞬ののち、ギョーテンの右ストレートが頬にめりこんだ小柳は、地面に倒れ伏していた。

「無事?」

「うん」

由良は震える足をなんとか踏んばり、これぐらいなんでもないというふりをした。ギョーテンは平然と右手首を振っている。左手はあいかわらず、本屋の袋をぶらさげている。

「あっちの三人は、どうなったの?」

「あー。撫でた」

こともなげに言い、ギョーテンは小柳の腹をスニーカーの爪先で軽く蹴った。「センセー、生徒に暴力ふるっちゃいけない。反省しろ」

小柳は横たわったままうなずいた。

「反省してんの？」

ギョーテンは小柳のかたわらにしゃがみこむ。「そう。じゃ、反省の印として、ちょっと金貸してくれる？　十円でいいんだけど」

小柳はなにか言おうとして、口内で邪魔になった血と歯の欠片を地面に吹き飛ばした。

「うわ、かかんないように気をつけてよ」

ギョーテンはしゃがんだまま背中を丸め、小柳の顔に耳を近づける。「なんて言った？」

「金なんか、持ってるわけないだろう」

小柳は弱々しく言った。「あいつらに財布ごと取られたところなんだから」

「それもそうか」

ギョーテンは立ちあがり、猛然と裏口のほうへ取って返した。由良も慌ててついていった。小柳と取り残されるぐらいなら、ギョーテンと一緒にいたほうがずっとましだ。

三人の若い男は、とっくに逃げたあとだった。

「あーあ」

ギョーテンが再び、目に見えて意気消沈した。「ちょうど撫でたところで、ユラコーが吼えるから。急な雄叫び禁止って言ったのに」

地面にはどす黒い染みが散っていた。三人が流した鼻血らしい。

なにが、嘘はよくない、だ。怖いぐらい腕っぷしが強いじゃないか。

「ごめん」

由良は今度も、素直に謝っておくことにした。


エムシーホテルの「孔雀の間」には、八十人ほどの男女が集まっていた。立食形式の同窓会は、ちょうど雰囲気もほぐれ、あちこちで旧交をあたためる輪ができはじめたところのようだ。

「ユラコー、行け」

会場にもぐりこんだギョーテンは、由良を輪のほうへ押しやった。「どっかに多田がいるはずだ」

「俺一人で？」

知らない大人ばかりで心細くなり、由良はギョーテンを振り返った。そのときにはすでに、ギョーテンは隅っこで壁に向かって立っていた。通常なら、パーティー会場で壁と対面していたら悪目立ちするところだが、ギョーテンは柱が作る影のように、巧みに気配を消している。

ホントにヘンなひとだ。

由良はしかたなく、輪から輪へと渡り歩いて多田を探した。

「おっ、だれの子だ？」

「そっか、これぐらいの子がいてもおかしくない年なんだねえ」

などと、何人かに話しかけられたが、由良は曖昧に笑って切り抜けた。

「由良公！」

多田はすぐに、由良に気づいて近寄ってきた。「どうした」

「多田の息子さん？」

快活そうな女が驚きの声を上げ、由良はたちまち、多田の同級生に取り囲まれた。

「ちがうちがう」

多田の浮かべた笑みには、どこか苦さがあった。「以前、仕事で知りあった子だ」

「そっか、便利屋やってるんだってな」

「さっき私、チラシもらった」

「俺も今度頼もうかな」

口々に言う同級生にそつのない返事をし、多田は由良をつれて輪から出た。

「いままで行天に引きずりまわされてたのか」

「うん、まあ」

「悪かったな」

ギョーテンの暴走を止められず、多田は心底申し訳なく思っているようだ。「そうだ、飯食っていけ」

多田が手早く皿に取ってくれた料理を、由良は無心に腹へ収めた。

「疲れてるみたいだな」

と多田は言った。

「いろいろあったんだよ」

由良は大人ぶった口調で言った。「バスの定期も金も落としちゃったし」

「パークヒルズまで送っていく。もう飲んじゃったから運転はできないが、一緒にバスに乗ろう」

そんなつもりではなかったので、由良は首を振った。

「いいよ。まだ同窓会も途中なんだろ。二百三十円、貸してくれれば」

「遠慮すんな」

多田は由良の背中を軽く押し、「孔雀の間」のドアロへとうながした。「ところで、災難の元凶はどこにいる」

由良が指したさきで、ギョーテンは壁に向かってビールを飲んでいた。会場内には完全に尻を向けている。

「ギョーテン、昼もなにも食べてないんだ」

「放っておいていい。行天はふだんからあまり食べない」

「本当に？」

あんなに強いのに、信じられない。

「ああ。便秘のとき以外には」

と、つけ加えた多田が歩みを止めた。どうしたんだろう。多田はなんだか表情を強張らせて、壁のほうを凝視している。

壁際に立つギョーテンに、一人の男が近づいていくところだった。穏やかそうな顔をした男は、頑なに壁に向かっているギョーテンを背後から覗きこみ、

「行天、だよな？」

と遠慮がちに言った。由良と多田が立つ場所から壁際までは、二メートルと離れていない。会場のざわめきのなかでも、男の声は聞き取れた。

「会えてよかった。ずっと気になってたんだ。その……、指の具合はどうだ？」

男が言っているのはたぶん、ギョーテンの右手の小指のことだと、由良にも察しがついた。ギョーテンは黙って、グラスを持つ右手をさりげなく体側に沿って下ろした。由良のかたわらに立つ多田も、硬い表情のままだ。

ギョーテンの反応がないので、男は泣きそうに横顔を歪ませた。

「俺の不注意のせいで、あんな大怪我をさせてしまって……、本当に悪かった」

男は深々と頭を下げた。ギョーテンが身じろいだ。体の向きを変え、助けを求めるように会場を見まわす。ギョーテンの視線は、多田の顔から由良へと流れて止まった。

どうして、ギョーテンの望みを感じ取ることができたのだろう。星が投げかけるかすかな光に突き動かされるように、由良はギョーテンに走り寄った。ギョーテンの右手からグラスを取りあげ、かわりに小指をそっと握る。冷たいビールのせいなのか、小指は少し凍えていた。

「大丈夫です」

由良はギョーテンのかわりに言った。「今日なんか、この右手で四人も男をのしたんですよ」

突然割りこんできた由良を、男は怪訝そうに見た。

「きみは？」

「甥です」

と由良は言った。「このおじさん、変人であんまりしゃべんないんだけど、内心では『気にするな』って言ってますから。そうだよね、おじさん」

ギョーテンは由良を見、男を見て、はっきりうなずいた。男は安堵《あんど》したように、

「そうか」

と少し笑った。「ありがとう」

由良はギョーテンの小指を引き、そのまま「孔雀の間」を出た。

「なんで肝心なときにしゃべんないんだよ。一日じゅう、くだらないことばっかり言ってたくせに」

由良が責めると、

「エネルギー切れ」

とギョーテンはかすれた声で言った。「熱唱がいまになって響いたのかな」

「飯を食わないからだ」

あとを追ってきた多田が、手にした一切れのタマゴサンドイッチを、強引にギョーテンにくわえさせた。「由良公は、これで家に電話を入れとけ」

多田はポケットから出した携帯電話を手渡してくれた。

「べつに、すぐ帰るんだから大丈夫だよ」

多少帰りが遅くなったとしても、母親も父親もあまり気にしないだろう。いつものことだ。

「だめだ」

と多田は厳しく言い、エムシーホテルのロビーを横切った。「こんな夜にガキが町をふらついてたら、親御さんは心配する。これからまだ、交番に寄らなきゃならないしな」

「交番？　なんで」

「なんでって、定期と金を落としたんだろ？　届けを出しておけば、見つかるかもしれない」

ほら行くぞ、と多田は言った。だるそうにタマゴサンドを咀嚼するギョーテンとともに、由良は多田のあとに従った。やっとギョーテンから返してもらえた本屋の袋を、大切に抱え持つ。

夜空に丸い月が浮かんでいた。

パスケースは見つかるだろうか。定期券の期限はまだあと四カ月残っていたし、パスケースも使いやすくて気に入っていた。なくしたとなったら、母さんはきっと、「まったくこの子は、もう」と怒るだろう。

見つかってほしい。でも、俺は運が悪いほうだからなあ。今日だって散々な一日だったし。届けを出しても無駄なんじゃないか。

由良はため息をつき、それならそれでしょうがない、と気を取り直した。

定期券では決して行けない場所に行き、ふだんは見られないものを見て、こうして帰ってきたんだから。

大人っていろいろあるんだな。

月が地面に描きだす三人ぶんの影。ギョーテンと多田と自分の、黒く長くのびた影を眺めながら、由良はなんとなく満ち足りた思いで、まほろ大通りを歩いていった。

逃げる男

ついこのあいだまで、庭の草取りや網戸の張り替えの依頼が多かったのに、いまは樋《とい》に詰まった落ち葉の掃除や納屋の片づけばかりしている。

十一月も後半に入ると、年末の大掃除が人々の脳裏にちらつきだすのだろう。多田便利軒は、繁忙《はんぼう》期である十二月を待たずして、けっこうな盛況を見せていた。行く先々で、「一年って、あっというまですね」と挨拶だか慨嘆《がいたん》だか判別しがたい会話が交わされる季節だ。

たしかに、と多田は思う。

年齢を重ねるごとに、時間が加速度をつけて過ぎていく気がする。この調子では、五十歳を越えた三日後には九十八歳になって大往生をするのではないかと危惧されるほどだ。あまりぼんやりしていては、なにごとも為し得ぬうちに気づいたら棺桶に入っていた、ということになりかねない。なにごとかを為したいなどといった野望は抱いておらず、身ひとつでなんとか食べていけるだけの稼ぎがあれば御の字だと堅実に働く毎日だが、それにしても俺はぼんやりしすぎじゃないかとたまに思う。

次の正月で、行天が多田便利軒に転がりこんで丸二年だ。

家族関係でも恋愛関係でも友人関係でもない、強いて言っても高校の同級生だったにすぎない相手。しかも、意思の疎通が十全にはかれたためしが未だ一度もない相手を、二年間も居候させておく人類がいったいどこにいるだろう。ぼんやりにもほどがある。

だいたい俺は、身ひとつで食べていこうとして必死に働いているのであって、行天がいたのでは身ふたつだ。行天は身半分も働かないから、必然的に、俺がやつの食い扶持《ぶち》も捻出することになる。明らかに不平等というか、釈然としない状況ではないか。

多田は、激務の一日を振り返って考えた。

まったくもっていまさらではあるが、ちょっと行天に物申してやらなければ気がすまない。疲労を訴える足腰に鞭《むち》打ち、一度はベッドに横たえた体を起こす。仕切りのカーテンを開け、事務所の応接スペースへ声をかける。

「おい、今後の展望について」

話しあおう、とつづけたかったが、言葉は途切れた。行天の寝床であるソファは無人だった。行天はなぜか、応接用のローテーブルの下にもぐり、優雅なスピードで腕立て伏せをしていた。

「百七、百八」

と数えたところで多田に気づいたらしい行天は、

「なに？　なんの展望？」

と、ワニのような動きで這いでてきた。薄暗い事務所の床に正座し、多田を見上げる。

多田は、カーテンを開けた体勢のまま立ちつくした。

「……なにをやってるんだ？」

「腕立て伏せ」

それは見ればわかる。

「なぜ、ローテーブルの下でやる」

「飽きてもすぐに立てない場所でやるのが、継続の秘訣だと発見したんだ」

行天はどことなく誇らしそうだ。再びワニのように床に這い、腰のあたりまでローテーブルの下へ後退すると、今度は背筋《はいきん》をはじめた。

いやだ。俺が寝てる横のスペースで、深夜に腕立てや背筋をしてるやつがいるのかと思うと、なんだかすごくいやだ。

多田はおそるおそるソファに腰掛け、ローテーブルの縁で上下する行天の後頭部を眺めた。

「どうして急に鍛錬を？」

体力をつけて、少しは仕事の役に立とうとしているのだろうか。

「最近、体のキレが落ちた気がするんだよね」

顔を合わせてしゃべろうというのか、行天は仰向けになって腹筋運動に移行した。「やっぱり、酒に加えて飯まで食うようになったのがよくないのかな」

「年のせいだろ」

どうして兵隊でも格闘家でもないのに、体のキレを重視して鍛錬する必要があるんだ。それより勤労意欲を高めてほしい。太ったというなら、まずは酒をやめろ。

いろいろ言いたいことはあったが、多田はため息をつくだけに留めた。今後の展望について話しあうのもやめにした。

もういい。俺は貧乏くじを引く星の下に生まれたんだろう。行天に居座られ、貯金もできず、腰痛に耐えながら働いて、カツカツの暮らしをしていくさだめなんだ。

寝よう。寝れば少しは疲れも取れて、また新しい気持ちで朝を迎えられる。

「ほどほどにしとけよ」

悟りの境地とは、なげやりと同義なのだなと、多田は発見に一人うなずきつつ立ちあがった。多田の動きを目で追っていた行天が、

「腰、痛いのか」

と聞いてきた。

「職業病だからしょうがない」

「変化に対応するためには、備えなきゃいけない」

行天が真面目な口調で言ったので、多田は仕切りのカーテンを開けようとした手を止めた。あいかわらず腹筋をつづける、行天の背中を見る。

「なんの話だ」

「多田の腰痛って、年のせいじゃない？　三十を過ぎてもなんの対策も取らないでいると、筋肉

も霜降り肉に変わって、しかもどんどん降り積もるらしいからね」

余計な世話だ。

多田はカーテンをくぐり、憤然としつつも、腰に響かぬよう慎重にベッドに横になった。


なぜ行天が急に、深夜の鍛錬に励みだしたのか。理由は翌日、あっさりと判明した。

仕事で必要な掃除グッズを東急ハンズで買い、多田と行天が駅前の南口ロータリーに差しかかったとき、向こうから星が歩いてきた。多田には見覚えのある屈強そうな男が一人、忠実な犬のごとくつき従っている。

星に気づいた行天は、

「あ、砂糖売り」

と、ハンズの袋をガサガサいわせながら駆け寄っていった。「俺、腕立て百回以上できるようになった」

星は手を一振りして忠犬を遠ざけ、足を止めた。

「腹筋と背筋は？　筋トレは数をこなすんじゃなく、バランスよく一回一回を着実にやったほうがいい」

「じゃ、全部を五十回ずつにしておこうかな」

「ああ。プロテインはなにを飲んでる」

「なんにも」

「効率よく筋肉をつけたいなら飲め。いまはいろんな味があって、けっこううまい。体脂肪率が落ちてきたら、貧血になりやすいから、サプリメントで鉄分の補給も忘れるな」

「そんなの買う金ないんだよね。釘を舐めてるんじゃだめかな」

なんだなんだ。いつのまに行天は星と親しくなったんだ。多田は驚き、南口ロータリーで立ち話をする二人を遠巻きに眺めた。星の忠犬も、悔しそうにもうらやましそうにも見える表情で行天をうかがっている。

星はトレーニングやサプリメントについて教示し、行天は「ふんふん」と興味深そうにうなずく。

そんなに体を鍛えてどうするんだ。おまえらただでさえ、人間離れしたバネと腕っぷしを持ってるってのに。

行天が筋骨隆々になったら、食費がかさんでしまう。どうせすぐに飽きるだろうが、筋トレはほどほどにしてほしいと多田は思った。

さきに行ってるぞ、と行天に声をかけようとしたところで、作業着のポケットで携帯が鳴った。事務所にかかってきた電話が転送されたようだ。多田はロータリーの端によけ、通話ボタンを押した。

「お電話ありがとうございます。多田便利軒です」

「遺品整理をお願いしたいんですが」

と、女の声が言った。「そちらでは引き受けていただけますか」

少し厄介な依頼だ。足もとを横切る太った鳩に、多田は視線を落とした。電話の女は声からして、たぶん多田と同じような年齢だろう。となると、死んだのは女の親か、祖父母か。故人の持ち物の整理を、便利屋に託す。当然ながら、遺族は故人と関係がうまくいっていなかった可能性が高い。多田はこれまでに三度、遺品整理を請け負ったことがあるが、どれも後味のいい仕事とは言えなかった。

鳩は少しだけ羽ばたき、ロータリーからのびる連絡通路の手すりに、億劫《おっくう》そうに載った。

「原則、ご遺族のかたの立ち会いをお願いしていますが、よろしいですか」

「そう……」

女はやや迷う気配を見せたが、すぐに声に張りを取り戻した。「かまいません。いつ、いらしていただけそうかしら」

「一番早い空《あ》きは、明日の午後二時から四時までです」

「二時間で終わるものなんでしょうか」

「場合によりますね」

多田は脳内スケジュール帳を検索にかけた。「明後日の午後六時以降も空いていますが」

「なるべく早くすませたいの。悪いんですけど、明日の午後二時からと、明後日の午後六時から九時まで、とりあえず予約させてもらえますか。もし、早めに作業が終わっても、合計五時間ぶんは必ずお支払いしますから」

「わかりました」

ポケットを探る。ボールペンはあったが、紙がない。多田は、星との会話をやめ、こちらを見ていた行天を手招いた。

「場所はどちらですか」

行天の両手の甲に、情報をメモする。

まほろ市成子町《なるこちょう》五―四―二　さくらハイツ二〇三号室
「明日、二時にアパートのまえで」

と女は言った。「私の名前と携帯番号は」

柏木亜沙子《かしわぎあさこ》、と多田は書く。行天は両手を突きだし、おとなしく立っている。いつのまにか星も寄ってきて、行天の手の甲に並んだ文字を覗きこんでいる。

通話を切った多田に、星はなにか言いたそうだった。

「なんですか、星さん」

「なんでもないよ、便利屋」

星は微笑した。「おもしろそうな依頼だと思っただけだ。行くぞ、金井」

ストレッチも欠かさずにな、と行天に言い置き、星は忠犬をつれて雑踏に消えた。多田と行天は事務所へ向かう。

「遺品整理なんて引き受けてるんだね」

「ああ、たまにあるんだ」

「休みがないほど、予定がいっぱい」

行天は、勝手に休憩ばかりしているくせに言った。「今年はどんな門松《かどまつ》を買おうか。この調子なら、去年よりひとまわりでかいのもいけそうだ」

「もう門松は買うな。余剰分はエアコンを買う資金にまわす」

「なんであんた、なんだか暗い顔してるんだ？」

と行天が首をかしげた。

「さっきの依頼人が、妙に明るい声をしていたからだ」

と多田は言った。


悪い予感は当たった。待ち合わせの午後二時を十五分過ぎても、柏木亜沙子はアパートにやってこなかった。

敷地内に停めた軽トラックの荷台にもたれ、多田は二本目の煙草を吸い終えた。行天は荷台に立ち、星に教えられたとおり、体を折り曲げたりひねったりとストレッチに勤しんでいたが、痺《しび》れを切らしたのか、

「電話してみれば」

と言った。

十五回ずつ、五分おきに鳴らすと、三度目でやっと柏木亜沙子が電話に出た。

「はい！」

「多田便利軒です」

「あら」

苛立ちのこもっていた声が、急に勢いをなくした。「あららら、もう二時半。ごめんなさい、仕事を抜けられそうにないの。明日は必ず行きますので、作業を進めていてくれませんか」

「昨日申しあげましたとおり、ご遺族の立ち会いがないと……」

「部屋にあるもの、すべて捨ててかまいませんから」

「何時ごろお帰りですか。夜でもよろしければ、出直しますが」

「今日は九時過ぎになると思います」

さすがにその時間からはじめたのでは、こちらの体がもたない。多田は空いた手で首筋を揉んだ。

「鍵は」

「二〇三号室のまえの、ガスのメーター。その裏側に、ガムテープで貼りつけてあるはずです」

「承知しました」

多田は通話を切ると同時にため息をつき、アパートの錆びた階段を上った。

「あんたは依頼人が女だと、特に押し切られがちだよね」

荷台から身軽に飛びおり、行天がついてくる。

ずいぶん古いアパートだが、二階は全室埋まっているらしい。合板のドアが四つ並ぶ外廊下には、鉢植えが置いてあったり、手すりに足拭きマットが干してあったり、テレビのワイドショーの音が漏れでたりしている。

そのなかで唯一、奥から二番目の二〇三号室のドアだけが、生き物の気配もなく静まりかえっていた。どうやら柏木亜沙子は故人と同居しておらず、家はべつにあるようだ。

まだ契約書も書いてもらっていないのに。多田はまたもため息をついた。遺品整理をするだけさせて、金も払わずトンズラするつもりじゃないだろうな。

台所の磨《す》りガラスには、調味料の影らしきものが映っている。ガスのメーターの裏から鍵を剥《は》ぎ取り、多田は玄関のドアを開けた。

「うわあ」

思わず声が漏れた。行天も多田の隣から顔を出し、室内を見て、「えぇー」と言った。

まず目に入ったのは、台所の壁に沿って積みあげられた、膨大な冊数の盆栽雑誌だ。古書店でバックナンバーを一括購入したのかもしれない。古いものから新しいものまで三百冊ほどが、きちんと角をそろえて置いてある。

少し埃の積もった床に上がり、居室との境の戸を開けた。居間兼寝室らしき六畳間も、これまた整然としていた。敷きっぱなしの布団が乱雑にめくれているほかは、直線のみで構成された印象があった。

しかしいかんせん、ものが多すぎる。

布団のまわりの畳は、三十センチ幅の通路を残し、すべてもので埋めつくされていた。きれいに折り畳まれ、紐で金属みたいにカチコチに縛りあげられた新聞紙の束。経営に関する何十冊もの実用書は、すべて書店カバーがかけられ、背には達筆でタイトルが記されている。かと思えば、なぜかおはじきの入った巾着袋《きんちゃく》や、色別に陳列されたミニカーのケースも、いくつか積み重なっている。

持ち主にだけわかるなんらかの法則によって、雑多な品が分類され、袋や箱に収納されて、畳に並んでいた。見物客が一人も訪れることのない、さびれた博物館を思わせる。残された通路も、きっかり測ったようにまっすぐだ。

「部屋の主《あるじ》は、寝てるときになんらかの異変が起きて、救急車で運ばれたのかもしれないな」

「ここを片づけるの？」

行天は、さまざまな空き瓶が並ぶ一角を眺めながら言った。ものが多いせいか、室内は埃っぽい。鼻からはもちろんのこと、口からもなるべく息を吸わないようにしているらしく、腹話術師みたいな表情だった。

「この部屋だけ燃やすとかダメ？」

たしかに、可燃ゴミと不燃ゴミとを分別するだけでも一苦労だ。部屋をまっさらにするために要する労力を思い、多田もため息をついた。押入の襖《ふすま》を開けると、背広の上下やネクタイやスウェットが吊されていた。スウェットにまでアイロンをかけたのか、どの服もしゃちほこばっている。ワイシャツに至っては、厚紙でできた手製の型を使ったようで、すべて同じサイズに畳んであった。

がらくたを収集する癖《へき》を持ち、異様なまでに神経質。「秩序を内包したカオス」とでも形容できそうな部屋で、なんだか触れるのがためらわれる。

そうだ、この部屋は、人間の心が剝きだしになったみたいなんだ。多田は思った。興味のあるもののみを集め、自分のためだけに整理整頓してある。

たいていの住処《すみか》には、来客用の湯飲みやコップがあったり、備蓄の缶詰があったりする。ごちゃごちゃした棚には、目隠しの布を画鋲《がびょう》でとめてみたりもする。だが、この部屋には、そういった常識や習慣や人目を気にした見栄が、いっさい感じられない。買い置きのトイレットペーパーや、商店街でもらった安っぽい団扇《うちわ》といった、忘れ去られて、どこの家にも転がっていそうな品はまったくない。

かわりに、余人には計り知れない美意識によって、ものが蓄積されている。大量すぎる品々は、完璧かと思われた持ち主の統率下から抜けだし、あふれ、叛逆《はんぎゃく》して、いまやこの部屋の住人の、索漠《さくばく》とした欲望と無為を暴露するかのようだ。

とにかく取りかからなければ、掃除は永遠に終わらない。多田は意を決して軍手をはめた。こんなこともあろうかと準備しておいたマスクも装着する。

「まずは雑誌類を運びだそう」

それから一時間半、多田と行天は、空中に舞う細かい埃と戦いながら働いた。

ビニール紐で束ねた雑誌を、行天が両手にぶらさげ、軽トラックの荷台まで何往復もした。行天は力仕事をいやがったのだが、

「おまえのマッスルはなんのためにあるんだ」

と無理やり運ばせた。多田はそのあいだにシーツを剝がし、敷き布団と掛け布団を丸めて縛っ

た。住人は神経質なわりに、布団を干すことには気がまわらなかったらしい。綿は湿って重かった。

部屋に風を通そうと、腰高の窓に手をかける。鍵ははずしたのに、窓は開かなかった。窓枠が歪んでいるうえに、ステンレス製のレールが白く錆びついていた。

故人はいったい、どういう暮らしをしてたんだ。窓も開けず、こんな部屋に閉じこもって、ひたすらがらくたの分類に精を出していたのだろうか。

諦めて窓から離れ、布団がなくなって空いたスペースに立つ。ものに埋没する形で、壁際に箪《たん》笥《す》が置かれていることに気づいた。多田は足でがらくたをよけ、部屋で唯一と言っていい家具を眺めた。

多田の背丈ほどもある立派な箪笥だが、あまり使っていなかったのか、黒い取っ手には厚く埃が積もっている。箪笥のまえには整頓されたがらくたの山があるから、引き出しを開けようにも開けられなかったのだろう。もので塗りこめられたような箪笥は、全体像をうかがうことができず、存在感がなかった。

まずは、床面からものをなくさなきゃなるまいな。

行天が軽トラックから大量のゴミ袋と荷造り紐を持って戻ってきたのを機に、多田は本格的な作業に着手した。行天も渋々と台所を受け持った。なぜか何種類もあるお酢をシンクに捨てては、瓶をゴミ袋に入れていく。

五円玉でできた亀や鶴の置き物。雑誌の「うまい店」特集の切り抜きが入った、何冊もの青いファイル。穴の開いた靴下が、お手玉みたいに丸められて詰まった段ボール箱。

脈絡のなさすぎるものが、しかしきちんと分類されて置いてあるので、なんだか無性にいらいらしてきた。住人の正体がつかめない。多方向に及びすぎていて、本当の興味の在処《ありか》もよくわからない。日記やアルバムといった、個人的な体臭のするものはなにもなかった。

多田の視界を、黒光りする例の虫がよぎった。人類滅亡後の博物館みたいな部屋にも、こいつはちゃんと棲息してるのか。多田は感心し、急なことだったので、なにで叩き殺そうかと視線をさまよわせた。

その隙に虫は六畳間から出て、行天のいる台所へ突進した。行天は軍手をはめた手でむんずと虫をつかみ、玄関のドアを開けて思いきり表へ放り投げた。

予想外の対処法に、多田は呆気にとられて突っ立っていた。襲いくる埃と物量攻撃に、行天もいらいらしていたらしい。標的を虫から窓へ移した。

「なんで換気しないの」

左手ひとつで、台所と六畳間の窓を次々にこじ開ける。地獄の釜の蓋がずれたような、不快きわまりない金属の軋みがあたりに響いた。

どんな怪力だ。筋トレしすぎじゃないのか。

六畳間の窓の外には、小さな鉢置き場が張りだしていた。だが、盆栽雑誌はたくさん読んでいたようなのに、植物はひとつも置かれていなかった。

「やれやれ、今日はえらい目に遭った」

予定されていたすべての依頼をこなし、多田はまほろ駅前に向け、軽トラックを走らせる。

「明日も同じ目に遭うなんて」

行天はめずらしく、不機嫌をあらわにしている。「これでタダ働きだったら、俺は大魔神のように怒る」

「そりゃ、俺だってそうだ」

と多田は同意した。

「ねえ、多田。依頼人の住所、ちゃんと知ってるのか」

「いや」

「柏木亜沙子は、あの魔窟に住んでるわけじゃないでしょ。現住所を聞いておかないと」

「わかってる」

と答えたものの、先方が携帯の電源を切っていて、話ができないのだからどうしようもない。やはり、料金踏み倒しを覚悟しておいたほうがいいかもしれない。

それにしても、行天が依頼人の名前を正確に覚えているなんて、はじめてじゃないか。野生動物なみに勘が働く行天のことだ。なんらかの天変地異のまえぶれか。便利屋としての自覚が多少なりとも芽生えた、というのだったらいいのだが。

「ちっともわかってない。あんた、本当にぼんやりだな」

図星といえども、行天に指摘されるのは口惜しい。多田は聞こえなかったふりをした。行天は運転中の多田の尻ポケットを探り、狭い隙間から携帯電話を引っこ抜いた。

「なんだ、なにをする」

「昨日の感じだと、砂糖売りは柏木亜沙子のことを知っていそうだっただろ」

勝手にいじった携帯を、多田に向かって突きつけてくる。「住所を教えてもらったらいい」

いやだよ、と多田は思った。星に借りを作るなんて、あとでとんでもない謝礼を要求されそうで恐ろしい。ところが、携帯電話はすでに星とつながっていたらしく、

「べーんーりーやー。くだらない用件だったら、どうなるかわかってるだろうな」

と、低くすごむ声が車内に流れでた。「おい、聞いてんのか！　かけてきといて無言って、どういうことだ」

「すみません、星さん」

多田は軽トラックを急いで道端に停め、行天から携帯をもぎ取った。「昨日、南口ロータリーで星さんと一緒のとき、うちが依頼の電話を受けたでしょう。あの依頼主、柏木亜沙子のことを、星さんはご存じだったみたいですね」

「おまえはご存じじゃないのか」

「はい」

「新聞を読んだらどうだ、便利屋」

と星は笑った。多田は不安になった。

もしかして、さくらハイツ二〇三号室を博物館的魔窟と化した人物——たぶん、柏木亜沙子の

家族だろう——は、あの部屋で殺されでもしたのだろうか。まほろで最近、殺人事件があったという話は聞かないが、テレビも見ないし新聞も取っていないので、自信をもって断言できない。まさか、実は依頼人が逃亡犯ってことはないよな?

「柏木亜沙子の、なにを知りたい」

星に尋ねられ、

「とりあえず現住所、ですかね」

と、多田は心もとない気分で答えた。

「三分待て」

多田は軽トラックの運転席に座ったまま、通話の切れた携帯を片手におとなしく待った。かたわらを、ヘッドライトをつけた車が次々に走り抜けていく。行天は助手席で煙草をふかしている。

きっかり三分後に、手のなかの携帯が鳴った。

「松《まつ》が丘町《おかまち》、三—十三—一」

と星は言った。多田はボールペンのキャップを口で開け、行天が差しだしたまほろ市の地図の、目当ての番地に印をつけた。松が丘町といったら、まほろ市のなかでは高級住宅街だ。三丁目は特に、大きな屋敷が多い。多田も何度か、仕事で行ったことがあった。松が丘町三丁目の住人と、六畳一間のアパートとは、あまり結びつかない。

「星さん。柏木亜沙子は、なにものなんですか」

「『キッチンまほろ』って知ってるか」

「知ってます」

まほろ市内を中心に、亀尾川を越えて神奈川県にまで進出している外食チェーン店だ。もともとは、まほろ大通りにあった小さな洋食屋がはじまりで、いまでは支店が十二、三軒はあるはずだ。

本店の「洋定食　キッチンまほろ」には、多田も高校生のころ二度ほど行った。安くてボリューム満点で、店内は学生やサラリーマンでにぎわっていた。ただ、チェーン展開が軌道に乗ったのを機に、本店は店じまいした。跡地はいまはケータイショップだ。

「柏木亜沙子は、『キッチンまほろ』グループの社長だ。二週間ほどまえに先代社長が急死して、専務だった妻の亜沙子が跡を継いだ。先代社長の名前は、柏木誠一郎《せいいちろう》。六十八歳。ちなみに亜沙子は、三十二歳」

多田の持つ携帯に耳を寄せ、星の説明を聞いていた行天が短く口笛を吹いた。

親子以上に年の差がある夫婦とは、家でどんな会話を交わすものなのだろう。

「詳しいですね、星さん」

と多田は言った。

「俺の商売の基本だ。新聞の死亡記事をチェックして、いろんな情報を集める糸口にする」

「社長が死んだことで、星さんのつけいる隙が、『キッチンまほろ』グループに生じたんですか」

「いいや、いまのところは。先代の生前から、亜沙子のほうが経営手腕に長《た》けていると評判だったからな。娘より若い妻に仕事で引けを取って、誠一郎のメンツは丸潰れだったんじゃないか」

さくらハイツに住んでいたのは、誠一郎でほぼまちがいなさそうだ。趣味と興味の赴くまま、あの部屋にがらくたの山を遺《のこ》したのは、有能な妻へのあてつけだったのだろうか。多田は嘆息した。

あてつけでもなんでもいいが、尻ぬぐいをするのは便利屋だ。

「この情報は高くつくぞ」

と星が言った。

「単なる世間話ってことになりませんか」

そう持ちかけたのだが、聞き入れられるはずもない。

「おまえになにをしてもらうかは、じっくり検討してから連絡する」

ぬかりない宣言を最後に、通話は切れた。

「敏腕女社長か。危ないね」

行天が助手席でのびをする。

「なにがだ」

「あんた、そういうひと好きでしょ。ばりばり働いて、強くて、でもちょっとさびしい部分もある女。たとえば夫に先立たれてたり」

「馬鹿言うな」

またも図星を指された多田は、強引に話題を変えることにした。「さて、これからどうする」

「明日は必ず来てくれるように、シャチョーに念押ししにいこうよ」

「こんな夜にか」

「さすがに仕事も終わってるだろうし、ちょうどいいじゃない。顔も好みのタイプだといいねえ、多田」

「馬鹿言うな」

とはいえ、料金を踏み倒されては困る。多田は気乗りしなかったが、柏木亜沙子の自宅へ行くことに同意した。場所を確認するだけだ。いざとなったら、請求書を直接叩きつけられるように。

結論から言うと、柏木亜沙子は顔も多田の好みだった。目を引くような美人ではないが、芯が強そうで、さばさばとした明るい雰囲気だ。派手すぎない化粧をして、清潔でシンプルなスーツを着こなしている。

亜沙子は夜の九時半に帰ってきた。自宅の門前に停まった不審な軽トラックを見ても、ひるむそぶりもない。タクシーから降りて、まっすぐに近づいてくる。

軽トラックの脇に立っていた多田は、荷台でストレッチする行天を慌てて地面に引っぱりおろした。

「もしかして、多田便利軒さん?」

「そうです。俺が多田で、こっちが行天」

「今日はお任せすることになってしまい、申し訳ありませんでした」

亜沙子は深々と頭を下げた。「会議が長引いて、どうしても抜けられなくて」

「明日は来る？」

と行天に聞かれ、

「はい」

とうなずく。

「じゃ、これ」

行天は、ジャンパーのポケットから銀色に光る鍵を出し、亜沙子の掌に載せた。「さくらハイツ二〇三号室の鍵」

「いつのまに」

と、多田はうなった。

「部屋を出るとき、メーターの裏に貼り忘れちゃったんだよ。シャチョーが持ってて」

亜沙子に対する行天の態度が、いつになく柔らかいことに多田は気づいた。どうしたんだ、行天。おまえも、柏木亜沙子の顔が好みだったのか。

料金を踏み倒すような客かと思いきや、亜沙子は仕事に夢中になりすぎて、約束の時間を忘れてしまっていたという。潔癖なまでの真面目さと、自由奔放な態度が絶妙にブレンドされ、結果として周囲から「変人」のレッテルを貼られるタイプだ。正真正銘の変人である行天とも、もしかしたら気が合うかもしれない。

「あんたが鍵を持ってきてくれないと、俺たちは作業をはじめられない」

行天はそう言って、腹黒そうな顔つきで笑った。なんだ、と多田は思った。好みもなにも関係なく、行天はただ、片づけ要員を増やしたいだけだったらしい。自分が安堵を感じていることを知り、多田は少し動揺した。

行天の策略めいた行動にも、亜沙子は気を悪くしなかったようだ。

「必ずうかがいます」

鍵を握りしめ、すがすがしく笑った。「明日ですべて整理がつきそうでしょうか」

多田は行天と、軽く視線を交わした。分厚く堆積した地層を、合計五時間でなんとかできるはずもない。いまの言葉で、亜沙子があの部屋に足を踏み入れたことがないと明らかになった。

「失礼ですが、さくらハイツ二〇三号室にお住まいだったのは、『キッチンまほろ』グループの先代社長ですか」

「そうです。私の夫、誠一郎です」

亜沙子は今度は、唇の端を歪ませて笑った。「短時間に、いろいろお調べになったようですね」

「いえ、これぐらいで全部です。部屋は、深夜まで三人が大車輪で働けば、明日じゅうになんとか片づくかもしれない、といった状況ですね。では、おやすみなさい」

多田は行天をうながし、軽トラックに乗った。亜沙子はしばらく、門のまえに立って軽トラックを見送っていた。まほろ市にははなはだ不似合いな南欧風の白亜の邸宅と、ぽつんとたたずむ亜沙子の姿が、バックミラーのなかで小さくなっていく。

あの屋敷に、亜沙子は一人で暮らしているのだろうか。明かりの灯った窓はひとつもなかった。

「どう思う？」

と、多田は行天に聞いた。

ずっと年下の妻を捨て、せっかく建てた大きな家を出て、柏木誠一郎はなぜ、あんな埃っぽい、がらくたまみれの部屋で暮らしていたのか。集めたものを整理し、分類するだけでも、自由な時間の大半を費やさなければならなかっただろうに。誠一郎が、妻との暮らしのどこに不満を感じたのか、多田にはうまく想像できなかった。

「シャチョーはたぶん、家事も完璧にやってるね」

「なぜわかる」

「髪も肌も手入れされてるのに、爪だけ短くてマニキュアも塗ってない。ちゃんと料理をしてるんじゃない？　さっきも、門を開けるついでに植木鉢の並びを整えてたし」

バックミラーでチェックしていたらしい。おまえは姑か、と多田は思った。

「仕事でも頼りになって、家のことまでこなしてくれる、夢みたいな奥さん」

行天は歌うように言った。「息が詰まりそう」

そうかもしれない。だが、だからといって逃げだすのは身勝手だ。多田はなんだか義憤に駆られ、いつもより乱暴にハンドルを切った。

「うわあ」

スーツ姿で二〇三号室の玄関を開けた亜沙子は、立ちくらみを起こしたかのように一歩後退した。「なんなの、このゴミ」

亜沙子にかかると、誠一郎が収集したものはすべて、「不用品《ゴミ》」の一言でくくられる。

昨日、多田と行天が掃除をすればするほど、誠一郎の築いた秩序は壊れていった。積まれた雑誌の角は不揃いになり、きれいな貝殻は広口瓶から畳にこぼれ、凶器になりそうなほど尖った鉛筆の芯は、落とした拍子にすべて折れてしまった。室内に散らばるものが、亜沙子には「ゴミ」としか思えなかったのも、しかたのないところではあった。

行天がさきに立って部屋に上がり、地獄の釜的騒音をまきちらしながら窓を開ける。

「こんなに、ものを溜めこむひとだったかな」

亜沙子は、押入に吊された背広に触れた。「会社にはちゃんと来ていたから、私はてっきり……」

「女でもいて、一緒に暮らしてると思ってた?」

聞きにくいことをずばりと聞く行天の腹を、多田は「おい」と肘で小突いた。亜沙子は、「そのとおり」と言いたげに微笑んだ。

「二年まえに、夫は急に家を出てしまったんです。『少し、一人で落ち着いて考えたいから』と言って。私にはわけがわからなかった」

亜沙子は押入から衣類を引っぱりだし、吟味することもなくゴミ袋に詰めはじめた。折り紙みたいに畳まれたワイシャツも、まだ使えそうな背広も、穴の開いた大量の靴下も、等しく「ゴミ」であると判断が下された。

「部屋で具合が悪くなって、自分で救急車を呼んだようなんです。病院から連絡があって駆けつけたときには、夫はもう死んでいました。その前日も、週明けの会議について相談して、いつもどおり会社で別れたのに」

淡々とした口調だからこそ、かえって亜沙子の混乱と哀しみが伝わってくるようだった。夫が死んで、まだ二週間ほどしか経っていない。記憶と事実をどう結びつければいいのか、亜沙子自身、戸惑っているのだろう。

多田はなにも言えなかった。行天も黙って、小さな冷蔵庫の中身をゴミ袋に移している。たいした食材は入っていなかった。一人用のサイズのしょうゆとソースとマヨネーズ。あとは、もらいものらしいチーズや菓子がほとんどだ。誠一郎が料理をしていたようにも、誠一郎のために料理をしてくれる存在があったようにも見受けられない。

安くておいしい洋食を提供する会社の社長が、この部屋で飯ともいえぬ飯を食べて暮らしていたのかと思うと、多田はなんだかやるせない気持ちがした。

激務の毎日だろうに、亜沙子の肌はうつくしい。栄養バランスに気をつけ、決まった手入れを就寝まえに必ずし、適度な運動と睡眠も欠かしていないはずだ。誠一郎と暮らしていたときは、きっと夫の健康にも、ちゃんと気を配っていただろう。

息が詰まりそう。行天の言った意味が、多田にも少しわかった。亜沙子本人も、息が詰まって苦しそうな表情で、夫の集めたものをゴミ袋に投げ入れていた。言えなかった言葉、聞けなかった言葉のかわりに、亜沙子と誠一郎はゴミ袋が鳴る音を通し、最期の会話を交わしているように見えた。

深夜近くに、台所と畳のうえから、ようやくものがなくなった。残されたのは、六畳間に置かれた箪笥だ。亜沙子が一番上段の引き出しを開けると、なかにはこまごまとしたものが、やはり整然と分類されて入っていた。

文房具やらボタンやら常備薬やら文庫本やら会社の書類やら。菓子の空き箱を使って、引き出しのなかは細かく仕切られている。次の段も、似たような内容だった。

特徴的なのは、古いものがなにもないということだ。せいぜい、数年まえのもの。

誠一郎はどうやら、身のまわりのもの、思い出の品と呼べるものをほとんど持たずに家を出て、新しく入手したものばかりを、さくらハイツに厚く堆積させたらしい。

「箪笥の中身も、すべて捨てます」

亜沙子は、迷いも揺れもない口調で言った。落胆を押し隠しているのが感じられた。部屋のどこにも、誠一郎の感情の痕跡がない。物質だけ。妻への思いも、妻との記憶も、完璧にぬぐい去られている。

抜き取った引き出しを傾け、内容物を細かく確認することもなくゴミ袋に移した。

「箪笥本体はどうすんの？」

と、行天が尋ねた。

「これは、結婚したときに持ってきた私の箪笥なんです。だから、松が丘の家へ戻します」

「誠一郎氏は、わざわざあなたの箪笥を持って家を出たんですか？」

多田は、一筋の希望を抱いて尋ねたのだが、亜沙子は昏《くら》く笑って首を振った。

「『一人になりたいからアパートを借りた』と聞いて、私が無理に持っていくよう言ったんです。女と暮らすんだろうと思ったから。部屋に私の箪笥があったら、夫も女も、居心地が悪いでしょう？」

こわいな、と多田は思った。だが、抗《あらが》いがたい魅力も感じた。

そこまで搦《から》めとられてみたい。清潔な家、うまい手料理、明るい笑顔の下で渦巻く情念。持てるすべてを使って雁字《がんじ》搦《がら》めにされたら、窒息したって本望じゃないか。

亜沙子は、乾いた雑巾で畳を拭きはじめた。多田と行天は、丸々と膨らんだゴミ袋を軽トラックの荷台に運んだ。

搬出作業もおおかた終えて、外階段の下で一服する。

「俺にはやっぱり、納得がいかん」

多田はつぶやいた。「誠一郎が、ここでの暮らしを選んだ理由はなんだ？」

「一人のほうが気楽だから」

と行天は言った。

そんな理由で旦那に出ていかれ、納得できる妻がいるだろうか。隠れ家のような別宅を持ちたい、という気持ちはなんとなくわかる。だが、夫が気楽さを求める代償に、ろくな説明もされず放りだされた妻の気持ちは、どうなるんだ。

多田と行天は煙草を吸い終え、外階段を上った。ひそめた声で会話をつづける。

「じゃあいっそのこと、離婚を切りだしたらよかったんじゃないか」

「シャチョーの旦那は、勝手なじいさんだったんだと思うよ。自由でいたいけど、離婚して完全に一人になる勇気もない」

ほらこれ、と行天が一枚のスナップ写真を差しだした。二〇三号室には、個人的な記録の類《たぐい》がまったく見あたらないと思っていたので、多田は驚いた。

「どこにあった」

「冷蔵庫。マヨネーズとかを置く段があるでしょ？　そこだよ。扉を開けたら、すぐに目に入る場所」

写真には、ものすごい顔をした女が写っていた。女だよな？　と多田は思う。遠めのショットなので細かいところまではわからないが、ピンク色のアフロヘアーのかつらをかぶり、なぜか背広のズボンとワイシャツとネクタイを身につけ、鼻に割り箸を差して、事務用机のうえで白目を剝いて踊っている。内輪の忘年会かなにかのワンシーンのようだ。

外廊下で立ち止まり、多田はますます声をひそめた。

「これが……、誠一郎の女か？」

「え？」

行天は一瞬、虚を突かれたような顔をした。「まあ、そうだろうね」

「まずいだろ。こんなおっさんみたいなことをする女が誠一郎の愛人だと知ったら、柏木亜沙子はショックを受けるぞ」

「ふうん。なんで？」

「なんでって、こんな女に負けて夫に家を出ていかれたなんて、妻の沽券《こけん》にかかわるだろうが」

「そうかな」

「そうだ」

「これ、本当に愛人の写真だと思うのか？」

行天は首をかしげた。「こんな妙ちくりんな恰好をした、写りの悪い愛人の写真を、わざわざ大事に冷蔵庫に入れておく意味がわからないじゃない」

「柏木亜沙子も顔を知っている女性なんじゃないか。社員か、取引先か。だから誠一郎は、人物が特定できないショットを選んだ。万が一、亜沙子がアパートにやってきて、写真を発見されたときのために」

「あんたほんとに、脳にかかったぼんやり雲《ぐも》を吹き払ったほうがいいよ」

行天は鼻で笑った。「シャチョーにこの写真を見せてみよう」

「いやいやいや」

多田は慌てて行天を引き止めた。「ことを荒立てるのはよせ」

外廊下で揉みあう気配に気づいたのか、二〇三号室のドアが細く開く。

「便利屋さん？」

と亜沙子が小声で呼んだ。「どうしたんですか？」

「ねえねえ、シャチョー」

「やめろ、行天」

このうえ、愛人の存在を突きつけたりしたら、亜沙子がどうなってしまうかわからない。玄関に入ってドアを閉めた多田は、狭いたたきで行天を羽交い締めにした。亜沙子は台所から、きょとんとして二人を見ている。

「こんなの出てきた」

行天は多田におかまいなしに、写真を亜沙子に向かって差しだした。

「やめろって！」

と、多田は行天から写真を奪い取ろうとする。

「だって見つけちゃったもんはしょうがないでしょ」

「飲め！　ダイヤ飲めたんだから、それも飲みくだせ！」

「なんなんですか、いったい」

亜沙子が割って入った。行天の手から写真をつまみ取る。

「あらやだ。こんな恥ずかしい写真」

「はい？」

「これ、私です。このときはずいぶん酔っぱらってたから」

亜沙子は頬を染めた。「どこにありました？」

多田は脱力し、気まずい思いで行天を見た。

「冷蔵庫のなか」

と行天が答える。多田にちらっと寄越した視線が、「あほ」と雄弁に告げていた。

亜沙子は写真をスーツのポケットにしまい、

「お疲れさまでした」

と多田と行天に笑顔を向けた。「お茶でもいかがですか。封を切っていないお茶っ葉が簞笥にありましたから」

「燃やせないゴミ」に分類した袋のなかから、行天がヤカンと茶碗とお椀と湯飲みを探しだしてきた。三人は簞笥に見下ろされる形で六畳間に座り、熱い茶を飲んだ。

「なんにもなくなっちゃった」

室内を見まわし、亜沙子は平坦に言った。

多田は、誠一郎の茶碗から立ちのぼる湯気を顎に当てた。女などいなかった。誠一郎はこの部屋で、溜めこんだがらくたの地層のなかで、一人で淡々と寝起きして会社へ行っていた。

妻である柏木亜沙子を閉めだして。

むしろ愛人がいたほうが、この夫婦は救われたのかもしれない。ふと、そんなふうに思った。

「便利屋さんたちは、まほろの出身ですか」

部屋に落ちる沈黙を怖れるように、亜沙子が話を振ってきた。

「はい。よそで暮らしていたこともありますが、生まれも育ちもまほろです」

「いい町ですよね。のんびりしていて、でもパワーがあって」

亜沙子は、正座していた足を少し崩した。「私は大学に進学したのを機に、まほろに来て一人暮らしをはじめたんです」

十代のころの亜沙子を、多田は想像してみた。いまよりも鬱屈した姿が浮かんだ。現在の亜沙子の明るい笑顔は、哀しみと苦悩で濾過《ろか》されてできた表情に見える。

「もしかして」

と行天が言った。「『キッチンまほろ』でバイトしてて、旦那と知りあった？」

「当たり。行天さんは勘がいいですね」

亜沙子は小さく肩をすくめる。「二号店をやっと出したぐらいのときです。すごくすごく年が離れていたのに、恋をしてしまいました」

「じいさんが好みなの？」

「そんなつもりはないんだけど。それまでつきあったことがあるのも、同年代のひとだったし」

それを聞いて多田はホッとし、ホッとする自分を怪訝に思った。

「親にもずいぶん反対されましたし、誠一郎本人も戸惑っていたようでしたが、私が押し切る形で、大学を卒業してすぐに結婚したんです。それからは、『キッチンまほろ』の仕事で忙しかったけれど、とても幸せでした。夫が突然、家を出ていってしまうまでは」

亜沙子がうつむいたので、多田はうろたえて言った。

「たぶん、ちょっと息抜きをしたかっただけですよ。もうすぐ家に戻るつもりだったにちがいありません」

「夫にだれか女のひとがいたほうがましだった！」

亜沙子はかすれた声で鋭く叫んだ。「その女と暮らすから私はいらない、と言われたほうがよかった。そのほうがわかりやすかったです。わけもわからず二年も別々に暮らして、こんな形で置いていかれるぐらいなら！」

亜沙子は唇を噛んだが、こらえきれなかったようだ。突然、顔をくしゃくしゃに歪め、子どものように手放しで泣きはじめた。

「どうして、あんな写真を後生大事に持ってたの？」

あなたと一緒に、一生懸命働いた。家事も手を抜かなかった。いつだって笑顔で、きれいでいた。全部全部あなたのために。あなたを好きだから。

「あなたは、バカな宴会芸をやってる私のほうが好きだった？　私のこと、少しは好きだった？」

涙をあとからあとから頰に伝わせ、亜沙子は天井を仰いで泣いている。迷子みたいに途方に暮れて、全身で悲しみと怒りとさびしさを訴えている。

なぜ置いていくのか。なぜ黙って去ってしまったのか。信頼を裏切られ、愛を断ち切られて一人たたずむ人間の、心の震えが部屋の空気を揺らす。

多田はもうなにも言えず、亜沙子の泣き声を聞き亜沙子の泣き顔を見ていた。

暗い穴に吸いこまれるような浮遊感。ひさかたぶりに体感する、恋に落ちる瞬間だった。

俺はいったい、どうするつもりだ。

かつて聞いた赤ん坊の泣き声、かつて見た妻の泣き顔が、脳裏になまなましくよみがえる。

変化に対応するためには、備えなきゃいけない。

まったくそのとおりだった。自分の気持ちが急激に動きだし変化しはじめるのを、うながすことも留めることもできず、多田は呆然と座っていた。

行天が黙って、多田と亜沙子を眺めている。

泣き声はまだつづき、室内を満たし冬の夜空へあふれていった。

なごりの月

多田便利軒の電話は鳴らないまま、新しい年を迎えて三日が経つ。静かな正月を過ごすのはひさしぶりだ。

山城町の岡夫妻は、息子たちに誘われ、孫と一緒に温泉で年越しをすると言っていた。バスの運行に目を光らせずにすんで、多田の気分は晴れやかだった。

コンビニで買ってきた真空パックの切り餅を、ヤカンで茹でてカップラーメンに入れて食べる。腹がいっぱいになったら、昼間からベッドでうたた寝する。雄ライオンみたいに優雅で怠惰な、正月の手本のような毎日だ。

行天はといえば、一日じゅうちびちびと安いウィスキーを飲んでいる。多田が昼寝しようとベッドに入るや、床で腕立て伏せと腹筋背筋に励みだす。「ふっ、ふっ」と狭い事務所に響く息づかいが、耳ざわりでならない。トレーニングは多田に対するいやがらせだ。門松を買おうとしたのに多田に阻止され、行天は腹を立てているらしい。

どうしてそんなに門松にこだわるんだ。町で見かける七夕の笹にもクリスマスツリーにも、電柱に対するよりも希薄な反応しか示さないじゃないか。

もしかして、と多田は思う。もしかして行天は、ふたつで一セットになってるものが好きなのか？

師走《しわす》に顧客から大掃除を依頼されたとき、行天は作業をそっちのけにして、『日本の仏像』という写真集を眺めていた。応接間の書棚で、埃をかぶっていた本のうちの一冊だ。見開きページに印刷された金剛力士像の白黒写真を指し、

「どっちがいいと思う？」

と、恍惚《こうこつ》とした口調で多田に尋ねてきた。

「なにが」

「よし、決めた。俺は口を閉じてるほうを目指す」

行天は、忙しくハタキをふるう多田には目もくれず言った。それで多田は、行天が金剛力士像の吽形《うんぎょう》を気に入ったらしいこと、トレーニングして金剛力士像のような肉体を手に入れるつもりらしいことを察した。

阿形《あぎょう》と吽形で体型に差違があるようには見受けられなかったし、だいいち金剛力士像を目標に筋トレに励む現代人なんているのかと思ったが、「そうか、がんばれ」と口先だけで答えておいた。「多田は口を開けてるほうを目指しなよ」と言う隙を与えないよう、素早くそっけなく。

行天の目には門松も、金剛力士像的勇壮な物体に見えているのかもしれない。

「ふっ、ふっ」に負け、多田はベッドから身を起こした。正月三日の昼を過ぎ、さすがに雄ライオン暮らしに飽きてきたということもある。年末の忙しさで滞りがちだった、経費の計算をしてしまおう。事務所のローテーブルに帳簿を広げ、多田は応接ソファに腰を下ろした。トレーニングをやめた行天も、向かいのソファにだらしなく寝そべった。金剛力士像への道のりは遠いようだ。マルボロメンソールをふかしはじめる。

電卓を叩くうちに勢いがつき、経費の計算だけではなく一年間の収支まで確認し直してしまった。帳簿をめくりながら、「よしよし」と多田はうなずく。俺の経営能力は完璧だ。多田便利軒の昨年の売り上げは、そのまえの年よりも微増していた。行天がいるおかげで、微増程度では裕福にはなれないが、働く手応えが数値となって表れたことに満足を覚えた。

帳簿を閉じた多田に、

「終わった?」

と行天が声をかけてきた。ソファに座り直した行天は、ウィスキーの瓶を掲げてみせた。

「あんたも飲む?」

こいつは何度買い物にいかせても、必要経費で落とせるレシートをなくしてしまう。頼みもしないのに俺にくっついてきては、依頼人の家で堂々と仕事をさぼる。最近では酒に加えて固形物も食うようになったから、生活費がますますかさむ。つまり、疫病神以外のなにものでもない。

だが、だれかと過ごす正月は何年ぶりだろう。ほとんど会話も交わさず、お互いに好きなことをして時間をつぶしているだけだが、部屋に一人ではないと思うと、なんだか心に余裕が生まれる。行き場もなく、一緒にいたい相手もいないのは、俺だけじゃないんだとわかって安心できるからだろうか。「行天でも、まあいないよりはまし」とうっかり考えてしまうほど、年を取って気が弱くなっているのだろうか。

行天は酒瓶を揺らし、多田の返事を待っている。おまえがレシートを行方不明にするせいで、一万円弱の経費が闇に消えた。そう指摘しようかとも思ったが、やめておいた。正月から小言では、ただでさえ少ない行天のやる気が、底をついてしまうかもしれない。今年はいっそうの売り上げ増を目指したい。このまま居候をつづけるのなら、行天にももっと働いてもらわないと困る。

「いや」

と、多田は言った。「それよりも、どっか外へ食べにいかないか」

「囲炉裏屋の弁当でも買ってくるの？」

「そういうのは、外食とは言わないだろ。酒も飲める店に行くんだよ」

「めずらしいね」

行天はウィスキーの瓶をローテーブルに置いた。なんだか探るような目で多田を見ている。

「去年の売り上げが、思ったよりもよかったからな。祝いに新年会だ」

多田はさりげなく視線をそらし、ジャンパーを手に取った。行天は「ふうん」とにやにやし、コップに残っていたウィスキーを飲み干した。

まほろ駅前の大通りは、デパートのセール目当ての買い物客や、寝正月にも飽きたらしい家族づれで、いつも以上のにぎわいを見せている。夕飯にはまだ少し早い時間だが、ちょうどよかったかもしれない。このぶんでは、飯どきになったらどの店も並ばなければ入れなかったはずだ。

「で、どこにすんの」

「そうだな」

特に腹案があったわけでもない。多田は適当な居酒屋に入ろうとしたのだが、行天がさきに立って大通りを歩きだした。建ち並ぶ飲食店には目もくれず、南口ロータリーを突っ切ろうとする。

南口ロータリーは、待ち合わせのひとと鳩とでごった返していた。さらに通行を阻害しているのは、ロータリーの真ん中で拡声器を使う一団の存在だ。

南口ロータリーでギターをかき鳴らして歌ったり、大道芸を見せたりするものがいるのは、いつものことだ。多田は最初、「またか」としか思わなかった。しかし、どうも様子がちがう。拡声器から流れてくるのは、抑揚にやや欠けた中年の女の声だった。

「みなさんは脅威にさらされています。みなさんのお子さんも、親御さんも、ご主人も、恐ろしい脅威にさらされています。いまの世の中で、いったいどうやって食の安全を確保すればいいでしょうか。その使命と責任は、ご家庭の主婦であるみなさんの肩にかかっているのです。無農薬の食材を選び、食事を手作りする。家族の健康と安全を保つためには、それしかありません。外食、出来合いのおかず。そのようなものは、家族の食卓にふさわしいとは言えないのではないでしょうか」

拡声器の女のそばでは、地味な服装の男女が、ロータリーを行き交うひとにビラを配っている。

紺色のコートを着た小学生らしき数人の子どもが、「家庭と健康食品協会～Home & Healthy Food Association～」と書かれた幟《のぼり》を手に立っている。

そういえば最近、この団体をたまに町で目にする。宗教法人なのか会社みたいなものなのか、なんなんだろう。

歩きながらそんなことを考えていたら、協会員の一人が、多田と行天の胸もとにもビラを差しだしてきた。行天は無視したが、多田は押し切られてビラを手にした。ビラは手書きで、一番うえには、「主婦のみなさん！」と大きく黒々とした字でしたためられている。俺は主婦に見えるのだろうか。多田はジャンパーのポケットにビラをつっこんだ。

行天は何度もひとにぶつかりながら、バスターミナルのほうへ向かっている。

「おい、どこへ行くつもりだ」

「バスに乗るんだよ」

「どうして」

「『キッチンまほろ』に行きたいから」

またもや「どうして」と、もう少しで口から飛びでるところだったが、辛うじて飲みくだした。行天がにやにやしたまま、多田の表情をうかがっていたからだ。

「そうか、じゃあ行こう」

多田はなんでもない顔をしてバスに乗りこんだ。

「キッチンまほろ」のチェーン一号店は、まほろ街道沿いにある。バスターミナルからはバス停三つぶんの距離だ。駅前から歩いても二十分とかからない立地だし、まほろ市民は移動手段として自家用車を使うことが多いので、そのバス停でバスを降りたのは多田と行天だけだった。バス代は多田がまとめて払った。

以前はロイヤルホストだかレッドロブスターだかが入っていた三角屋根の店内は、道路から覗いたところ、すでに六割がたの席が埋まっていた。

ガラスのドアを開けると、「いらっしゃいませ」とすぐに明るい声がかかる。多田はビー玉でも飲んだように、息が苦しくなった。

「あら、便利屋さん。その節はどうもありがとうございました」

レジから出てきたのは、柏木亜沙子だった。少し痩せたようだが、元気そうだ。

「こんばんは」

多田はぎこちなく挨拶した。まさか、チェーンの社長自らが店頭に立っているとは予想していなかった。会えたりしないかなと、どこかで期待してはいたが。

黒いスーツに、制服である白いエプロンをつけた亜沙子は、多田と行天を席へ案内した。窓際の奥まったテーブルで、落ち着いて食事ができそうだ。メニューを差しだした亜沙子は、水も店員任せにせず自分で運んできてくれた。

「シャチョー」

と行天が言った。「煙草吸っていい？」

「どうぞ」

亜沙子はエプロンのポケットから、綺麗に洗ってある灰皿を出した。「でも、社長なんて呼ぶのはやめて」

「じゃあ、アサコさん」

急にくだけすぎだ、と多田は思ったが、メニューを吟味するふりをして黙っていた。

「はい」

「俺、日本酒二合とハウスワインの赤をデカンターで。あと、キッチンまほろ特製塩辛」

「はい」

「多田は？」

「エビフライ定食をお願いします。それから、生中」

「はい」

亜沙子はこれまたエプロンから取りだした機械に、手早く注文を打ちこんでいく。「お酒、すぐに持ってきますね」

亜沙子がテーブルから離れると、多田はようやく呼吸できる気持ちになり、ジャンパーを脱ぐついでにポケットから煙草を出した。その拍子に、南口ロータリーで渡されたビラも出てきた。手持ちぶさただったし、行天はにやにやしているしで、多田は煙草を吸いながらビラを広げて読んだ。

どうやら「家庭と健康食品協会」は、まほろ郊外で集団生活を営み、無農薬野菜の栽培と販売をしているらしい。「会員募集中です。お気軽に見学にいらしてください。販売車も、みなさまの町をまわっております」と書いてある。

「それ……」

と声がし、振り仰ぐと盆を持った亜沙子が立っていた。注文したアルコール類と塩辛をテーブルに並べながら、

「多田さん、健康食品に興味がありますか」

と言う。亜沙子の口から出た「多田さん」という響きに気を取られつつ、多田は「いえ」と答えた。

「カップラーメンばかり食べてます」

「そうですか」

亜沙子は小さくため息をつく。

「どうかしましたか」

「その団体、まほろの外食産業のあいだでは、いまちょっと話題なんです」

亜沙子は身をかがめ、多田の耳もとで少し声を落として言った。「会社や店に乗りこんできて、無農薬野菜の効能を説くんです。『市民の健康のためにも、うちで育てた野菜を使ったほうがいい』って。すごく熱心で真面目に活動しているのはわかるんですが、『キッチンまほろ』には、もう契約している農家がありますから。かといって、あまり無下にもできないし」

「なんで?」

日本酒を舐めていた行天が首をかしげた。「断ればいいだけでしょ。あっちも商売、こっちも

商売なんだから」

「断ると、野菜の販売車が店のまわりをよく通るようになるんです。『ご家庭で手作りした料理を食べれば、家族は健康、みんな笑顔』って、スピーカーで流しながら。でも、それだけじゃ営業妨害だとも言えなくて」

「ふうん」

行天はビラを多田の手から取って丸め、「悪いけど、捨てといて」と亜沙子に渡した。

「エビフライもじきに来ます。ゆっくりしていってください」

亜沙子は空《あ》いた盆にビラを載せ、厨房のほうへ去っていった。

「なんだか妙な団体みたいだな」

「ムノーヤク、ムノーヤクって、有害物質をまったく取りこまないまま死ぬやつなんていないよ」

行天は煙草の煙を吐いた。行天が言うと、「無能役」に聞こえる。

「そんなに神経質になるなら、排気ガスの出ない大八車かなんかで野菜を売り歩けばいいのに。夜のあいだに畑に忍びこんで、こっそり農薬をまいちゃおうか」

「やめろって。かかわらんのが一番だ」

アルバイトの店員が運んできたエビフライに、多田はフォークを刺した。薄い衣はカリッと揚がっている。

日本酒を順調にからにした行天が、

「で？」

と言った。「あんたいつ、シャチョーに告白すんの」

半ば予期していたので、多田は噴きださずに生ビールを喉に通すことができた。

「なんの話だ」

「いいからいいから、わかってるって」

行天は勝手にうなずき、今度は塩辛をつまみに赤ワインに取りかかった。どうして日本酒のときには塩辛に手をつけなかったんだ、と多田は思った。

「あのなあ」

エビフライ定食をたいらげ、多田もグラスにワインをついだ。「この年になって、告白もクソもねえだろ」

「じゃあ、いきなり？」

「いきなりなにをするんだ、なにを」

期待に満ちた目を向けてくる行天を退け、多田は再びデカンターに手をのばす。行天は耳の脇でまっすぐに挙手し、

「アサコさん！」

と呼んだ。「赤ワイン追加」

亜沙子が新しいデカンターを運んできた。多田と行天は黙っていた。

「で？」

と、亜沙子が去ったとたん、行天がテーブルに身を乗りだしてくる。

「話は終わりだ」

「えぇー。あんたもうちょっと打って出てもいいんじゃない」

「なんでそう、けしかけるんだよ」

「おもしろいことになりそうだから。多田の手に負えなさそうな女で」

俺の手に負えた女なんて、いままで一人もいない、と多田は内心でつぶやいた。

「柏木さんは旦那を亡くしたばかりだ。めったなこと言うな」

それに、と多田は苦くつけ加える。「俺がだれかに好意を持ったりできるわけないだろ」

「なんで？」

行天は穏やかに反問した。「少なくとも一度はできたんだから、大丈夫でしょ」

取り返しがつかないほど妻子を損なった男でもか。多田は黙っていた。亜沙子が気になるのは事実だが、惹かれていく心を押し殺すことは簡単だった。恋は一瞬の錯覚だし、錯覚を持続し更新しながらだれかと日常をやり過ごしていくのに不向きな性格だと、多田はすでに知っていたからだ。

おまえはどうなんだと、行天に聞こうとしてやめた。答えはなんとなくわかっていた。

一度もだれかを愛したことがないやつに、告白をけしかけられる。中学生みたいだ。中学生だったらよかった。三十年以上生きて、自分はだれかを愛するに値しない人間だと思い知らされるのはむなしい。

行天はこのむなしさを、どうやって飼い馴らしているのだろう。物思いに沈んでいた多田は、ふと顔を上げて行天を見た。行天は再び挙手し、亜沙子に合図したところだった。

店はいつのまにか満席になっている。小さな女の子が、祖父母らしき年輩の男女に向かって、熱心になにかしゃべっている。祖父母は感心したように相槌を打ち、若い両親は女の子の注意を皿のほうへも向けさせようと苦心している。

テーブルを囲むだれもが笑顔だ。

デカンターを持ってきた亜沙子に、

「にぎわっていますね」

と多田は言った。

「おかげさまで」

亜沙子は微笑む。「お正月は帰省するバイトの子が多くて、私まで駆りだされました。接客はいつもやっていないと、鈍《なま》っちゃってだめですね」

大量の皿を運んでいた腕を、「痺れました」と振ってみせる。

ほとんどが家族づれの客ばかりの店で働き、疲れて帰っても亜沙子はあの大きな家に一人だ。微笑みの陰に、自分と同じむなしさが隠されてはいないかと、多田はさりげなく亜沙子を観察した。亜沙子はべつの客が呼ぶのに応え、きびきびした動作で注文を取りにいった。

俺はばかだな、と多田は思った。

「シャチョーとうまくいったら、逆玉の輿《こし》だね」

行天は自身のグラスにだけ、ワインをなみなみと注いだ。「俺が邪魔なときは言ってよ。二時間ぐらいなら、事務所のまわりをぶらついててあげるから」

多田は二年まえから、態度でも言葉でも、「邪魔だ」と行天に表現しつづけてきたつもりだったのだが、ちっとも伝わっていなかったようだ。

こいつには、むなしさなんかないのかもしれない。

啞然としたが、なんとか気力を奮い立たせ、

「頼むから、余計な気をまわさないでくれ。話がややこしくなる」

と多田は言った。

まほろ市つきみ台に住む、田岡《たおか》という男から電話がかかってきたのは、翌朝のことだった。

「飯は作れますか。子どもは好きですか」

田岡はあせった様子で、受話器の向こうから質問してくる。多田は、「お電話ありがとうございます。多田便利軒です」と言い終えることすらできなかった。

いたずら電話か、嫁さんを電話で募集している変人か。はたしてどっちだろうと考えながら、それでも律儀に、

「どちらも得意とは言えませんね」

と答える。

「弱ったなあ」

と田岡は言った。「でも、ほかに便利屋なんて知らないし。いますぐ、うちに来ていただけませんか」

田岡の告げる住所を条件反射でメモしつつ、

「ええと、ご用件は？」

と多田は尋ねた。

「ちょっと手が放せないので、詳しいことはお会いしてから。とにかく、すぐお願いします。あ、マスクを必ず持参してください」

田岡は多田を便利屋とわかったうえで、なにごとかを依頼したいようだ。いたずら電話でも嫁さん候補に選ばれたのでもないと判明したからには、引き受けなければ便利屋がすたる。仕事内容はなにも説明されないままだったが、多田は「売り上げアップ、売り上げアップ」と本年の目標を唱え、とりあえず田岡の家へ行くことにした。正月休みが予定よりも一日短くなったと知り、行天は盛大に文句を言ったが、多田についてきた。

途中のコンビニで田岡の指示どおりマスクを買い、つきみ台へ向かって軽トラックを走らせる。田岡が住んでいるのは、築二十年は経っていそうな四階建てのマンションだった。階段で最上階まで上る。

表札は「ＴＡＯＫＡ」となっていたが、インターフォンを押しても返答はなかった。

「なんで引き受けたんだよ」

と行天が言った。

「頼まれたのに駆けつけなかったら、便利屋の存在意義がなくなる」

と多田は言った。

「なんでわざわざ多田に頼む？　まほろでも弱小の便利屋なのに」

行天はなおも言った。「帰ろうよ。絶対にろくな仕事じゃないって」

「ろくでもない」と形容される代表格のおまえに言われたくない。多田はムッとした。

「この近辺の新聞屋に、年末に折り込みチラシを入れてくれるよう発注したんだ。効果がさっそく表れたんだろう」

「えぇー。なんでそんな余計なことを」

行天は情けなさそうに眉毛を下げた。「チラシなんか注文するから、門松を買う金がなくなっちゃうんだよ」

だから、門松へのそのこだわりはなんなんだ。反論しようとした多田をよそに、行天は玄関のノブに手をかけた。鍵はかかっておらず、ドアは抵抗なく開いた。

「ちょっと待て。そんな勝手に」

と言いかけた多田を、行天は鋭くさえぎる。

「多田、マスクちょうだい」

「なんだ、どうした」

「もしかしたら、毒ガスの除去を依頼してきたのかもしれない」

「『花粉・風邪からがっちりガード！』用のマスクで、毒ガスを防げるか？」

行天は聞く耳を持たない。布製の白いマスクを装着し、靴を脱いで廊下に上がった。多田もしかたなく、マスクをつけてあとに従う。

「すみませーん、多田便利軒です」

廊下の左右にいくつかドアが並んでいたが、正面のガラスドアの向こうがリビングだろうと踏んで、まずはそちらに進む。

リビングは無人で、火の気がなかった。閉ざされたカーテン越しに、昼の光がかすかに射しているだけだ。ソファのうえにボストンバッグが載っており、荷造りの途中なのか荷解きの途中なのか、周辺にはワイシャツやらシェーバーやらが散らばっていた。

「わかった。毒ガスの発生を察知した住人は、なにも持たずに避難したんだ」

行天は断じた。だから俺たちも、さっさと退避しよう。そう言いたいようだ。

「毒ガスではありません。インフルエンザです」

くぐもった声がし、多田と行天は振り返った。廊下のドアのひとつから、マスクをした三十代半ばぐらいの男が顔を出していた。

「急に依頼してすみません。田岡です」

多田は、無断で住居に侵入した言い訳をどうしようかと考えをめぐらせたが、田岡はそれどころではないらしい。せわしなく手招きする。

田岡がいたのは寝室だった。ベッドでは、田岡の妻がやはりマスクをつけ、赤い顔をしてうなっていた。

「昨晩から、三十九度の熱を出してまして」

と田岡は言った。「病院の夜間診療にかつぎこんだら、『インフルエンザだから、とにかく水分と栄養を摂って寝ているしかない』と言われました」

「はあ。お大事に」

と多田は言った。

「間の悪いことに、わたしは今日から一泊で、大阪に出張しなければならないんです」

「はあ。新年早々、大変ですね」

「まったくです」

田岡はうなずいた。「そして問題は、この子です」

視線にうながされ、多田は田岡の足もとに目をやった。背後で行天があとじさるのを感じた。ベッドの陰になる形で、二歳ぐらいの女の子が床に座っていた。にこにこしている。

「ビランといいます」

と、田岡は娘を抱きあげた。

音からは「ただれる」という意味の単語しか思い浮かばず、妙な名をつけるもんだなと、多田は内心で首をかしげた。多田の考えを見透かしたように、

「『美しい蘭』と書きます」

と田岡が補足した。「わたしどもには、近くに住む親戚も、近所づきあいもないんです。わたしが帰るまで、妻と娘の世話をよろしくお願いします」

「いやいやいや、ちょっと待ってください」

人命にかかわる依頼だ。看護師資格も保育士免許もない多田と行天では、とても請け負えない。そう言おうとしたら、田岡の妻がベッドで目を開け、弱々しい声を出した。

「いやよ、私。知らない男のひとを家に上げて、美蘭の面倒を任せるなんて」

「ごもっともです」

と多田はうなずいたのだが、田岡は怒りだした。

「きみがいけないんだろ。俺は出張だって言ってるのに、熱なんか出すから」

「しょうがないでしょ、インフルエンザに罹《かか》っちゃったんだから」

「気がゆるんでる証拠だ。だいたい、きみが手料理にこだわらなければ、惣菜でも弁当でも買って、まだ対処のしようがあるんだ」

「そんなの、だめ。美蘭には安全なものを食べさせなくちゃ」

「『安全なもの』を食べてても、きみはインフルエンザになったじゃないか!」

「そんな屁理屈言うのやめてよ。こっちは具合悪いってのに!」

多田と行天は田岡夫妻を寝室に残し、リビングへ避難した。マスクをはずす。ひとなつこいのか、美蘭もついてきた。一人でテレビとＤＶＤの電源を入れ、ソファによじ登ってアンパンマンを見はじめる。

「最近のガキはすごいな」

多田は感心し、美蘭の隣に腰を下ろした。行天はなんだか怯えた様子で、近づいてこない。部屋の隅で体育座りをしている。

　喧嘩を終えて寝室から出てきた田岡は、美蘭の頭を一撫でし、ボストンバッグに着替えを詰めた。多田は田岡から、携帯電話の番号を記した名刺を渡され、冷蔵庫に入っている食材以外は使わないよう言い含められた。

「では、電車の時間があるので、これで。明日の夕方には戻ります」

　田岡はボストンバッグを手に、あわただしく出発した。美蘭とともに玄関で見送りをした多田は、ついでに寝室のドアをノックしてみた。返事を待って、ドアを細く開ける。

「リビングにいます。なにかあったら声をかけてください」

「お願いします」

　観念したのか、田岡の妻はだるそうに言った。「美蘭はなるべくこの部屋に入れないでください。うつるといけませんから」

　母親の声に反応し、美蘭は「ママ」と言った。

「ママは寝てる。こっちでアンパンマンを見よう」

　多田は美蘭の小さな手を取った。子どもの少し高くて湿った体温が、なんだか切なかった。

「どうすんの」

　行天は体育座りをしたまま、多田のほうへ体の向きを変えた。

「こうなったからには、しかたないだろ」

　多田は冷蔵庫を開けた。「昼飯の準備をしよう。美蘭、火を使うから、あっちのおじさんのところに行ってなさい」

美蘭は聞きわけよく、行天に向かって突進した。行天は青ざめ、四つん這《ば》いで逃げようとしたのだが、それが美蘭の誤解を招いたらしい。背中に登られ、行天は馬になったまま硬直している。美蘭は機嫌よく笑っている。

よしよし、この隙に。多田はトースターで食パンを焼き、フライパンで目玉焼きを一気に四つ作り、電子レンジで牛乳をあたためた。パンも卵も牛乳も、パッケージには「ＨＨＦＡ」というロゴが記されていた。家庭と健康食品協会《Home & Healthy Food Association》
たしかに、卵の黄身は鮮やかな色で張りつめていたし、牛乳もパンも濃厚な味わいだった。だが、病気のときぐらい、ちょっと手抜きをしたってバチは当たらないだろうに、と多田は思った。多田にできる精一杯の料理が目玉焼きだ。

ベッドまで昼食を運ぶ。田岡の妻は礼を言ったが、体を起こそうとはしなかった。布団にもぐったまま、警戒のにじむ目で多田の動きを追っている。多田は、水と薬の載ったサイドボードに皿を置いた。火を通しすぎた不恰好な目玉焼きを見て、田岡の妻は申し訳なさそうな顔をした。

「夕飯は、けんちん汁とブリの照り焼きとほうれん草のおひたしと湯豆腐の予定なんです。食材はすべて冷蔵庫に入っています」

け、けんちん汁？　照り焼き？

「わかりました」

と多田は言った。

「どうすんの」

行天は暗雲を背負って、台所に仁王立ちした。金剛力士像さながらの形相だ。冷蔵庫からそれらしい食材を取りだし、作業台に並べた多田は、

「まいったな」

とつぶやいた。なにからどう手をつけていいのか、皆目見当がつかない。

「一応は家庭生活を営んでたんでしょ。家事は奥さんに任せきりだったのか？」

「俺も妻も、料理の腕は壊滅的だったんだ。互いの精神と肉体の健康のために、もっとも穏当な道を選んだら、ほとんどが外食かスーパーの惣菜になった」

おまえこそどうなんだと聞くと、行天は開き直った。

「俺はギソーケッコンだったんだってば」

けんちん汁とブリの照り焼きを作れる人材は、この場にはいないことがいよいよ明らかになった。

「あんたが安請け合いするから」

「建設的な意見以外は、いまは受け付けていない」

途方に暮れる阿形と吽形といった風情で、二人は台所に突っ立っていた。

冷蔵庫には、野菜炒めに最適のキャベツやピーマン、焼いただけでも充分にうまそうな肉が入

っている。冷凍庫には、田岡の妻が作り置きしたらしいおかずが、タッパーに詰められて並んでいる。だが、それらを使うことは許されていない。田岡の妻は、綿密に立てた計画どおりに、食材とおかずを運用したいようだ。

この局面で、計画の完璧な実現を重視してどうなるっていうんだ。多田は、「理解できん」と首を振った。母親が無農薬や手作りにこだわるせいで、美蘭はかえって、危険な味の料理を食わされる羽目に陥りそうだぞ。

危機感を煽《あお》り、非の打ちどころのないご立派な謳《うた》い文句でひとを縛る、「家庭と健康食品協会」の商売のやりかた。それを丸飲みして、忠実に実行しようとする田岡の妻。多田はどうにも気に入らなかった。

それまでおとなしくアンパンマンを見ていた美蘭が、突然ぐずりだした。行天が弾《はじ》かれたように肩を揺らす。

多田は急いでソファに近づき、美蘭の額に手をあてた。インフルエンザを発症したのかもしれない、と思ったが、熱はないようだ。

「どうしたんだ、どこか痛いのか」

抱きあげたところで、原因が判明した。「行天、おむつどこだ」

「げっ」

と行天は言った。「そっちの棚にあったけど……。大？　小？」

「大だが」

おむつの袋をしげしげと眺める行天に、多田は遠慮がちに言った。「大用と小用のおむつがあるわけじゃないぞ」

「え、そうなんだ」

「次になにが出るか、どうやって予想するんだよ」

「うん、どうするのかなと思ってたところだった」

行天はおむつをひとつ投げてよこした。

かつての手順を記憶の底から呼び起こし、多田は慎重に美蘭の尻を拭いた。女の子のおむつを取り替えるのははじめてで、少し緊張した。汚れたおむつを丸めるとき、息子が使っていたのは、もっと小さいものだったなと思った。ふいにまぶたが熱くなり、驚いた。

死なせてしまった息子のことは、ふだんはなるべく考えないようにしている。だから、もう忘れたのだろうと自分でも思っていた。

そうではなかったのだ。考えないようにしていることを忘れ、忘れていないことを忘れようとしていただけだった。息子はまだ、こんなにも俺のなかで生きている。ひさしぶりに胸のうちで名前を呼ぼうとして、多田は踏みとどまった。苦しかった。

美蘭はさっぱりしたらしく、今度はヘビのおもちゃを元気よく振りまわして遊びだした。体育座りしたまま、おむつ替えを決して手伝おうとしなかった行天の側頭部に、ヘビがぱしぱしぶつかっている。それでも行天は動かない。美蘭をなるべく視界に入れないようにしている。

「彼は子どもがこわいんです。自分が子どものときに、どれだけ痛めつけられ、傷つけられたかを、ずっと忘れられずにいるひとだから」

行天の結婚相手だった女から、以前に聞いた言葉が蘇る。

「三峯《みつみね》さんに、電話してみたらどうだろう」

多田は行天の元妻の名を出した。

「なんで」

「けんちん汁とブリの照り焼きの作りかたを教えてくれるかもしれない」

「いやだ」

行天は額に当たったヘビのおもちゃを美蘭からもぎ取り、部屋の反対側の隅へ放り投げた。美蘭は相手をしてもらっていると思ったらしく、笑い声を上げてヘビを拾いにいく。

「コロンビア人に聞いたら」

「ルルに？　絶対にだめだ。あの恰好と化粧で、『作ってあげるぅ』と押しかけてきたら、どうするつもりだ。奥さんの熱が四十度を超えるぞ」

そうだ、田岡の妻の具合はどうだろう。少しよくなっていたら、作りかたをベッドから指示してもらえる。

多田は寝室を覗いた。田岡の妻はまだ赤い顔をして、つらそうな呼吸で眠っていた。忍び足で、半分も手をつけられていない皿を下げた。

打開策が見つからず、リビングに重い沈黙が降りた。美蘭だけは、カラフルなプラスチックのブロックを床にぶちまけ、ご機嫌だ。

「わかった、電話する」

行天が立ちあがった。「携帯貸して」

おお、と多田は思った。もしかしたら、三峯凪子《なぎこ》は正月休みで暇かもしれない。行天の遺伝子上の娘であるはるをつれて、まほろまで来てくれるかもしれない。そうなったら、行天とはるのはじめての対面だ。はると会えば、凍えた石みたいな部分のある行天の心も、なんらかの変化を見せるかもしれない。

おせっかいだとわかってはいたが、多田はひそかに期待した。

「もしもし、行天だけど」

と、行天は再び体育座りして言った。携帯を持っていないほうの手で、美蘭が投げてくる音の出るボールを、そのつど投げ返している。わざとテーブルの下や、リビングとつづきになった和室のほうへ投げるものだから、美蘭はてんてこ舞いだ。近づいてくるな、という行天なりの意思表示らしいが、美蘭には通じていない。興奮して、笑い声がほとんど叫びになっている。必死にボールと美蘭を遠ざけようとする行天も、いまにも悲鳴を上げそうな表情だった。

昼に使った皿を洗いながら、多田はいぶかしく思った。行天の様子がなんだか変だ。だが、会話の声はいつもどおり淡々としたものだったから、わずかな違和感は泡と一緒に排水口へ流れていった。

「うん、けんちん汁とブリの照り焼き。えぇー、そうなんだ。それってまずいんじゃないの、立場上。ひゃひゃ、そっか。わかった。じゃあね」

行天は通話の切れた携帯を手に、台所にいる多田のそばまでやってきた。

「貴重な情報を仕入れたよ」

電話での口調からして、行天と三峯凪子は夫婦としてではなく友人として、再び関係を築けるかもしれない。多田は仲を取り持てたことに満足し、

「そうか」

とうなずいた。「なんだって?」

「シャチョーは料理が下手らしい」

「……なんだって!?」

多田は勢いよく行天に向き直った。「おまえいま、どこに電話した!」

「だから、『キッチンまほろ』のアサコさんにだよ」

「ぬぁんで柏木さんに電話するんだよ、俺は三峯さんにかけろって言っただろうが、いらんおせっかい焼くな!」

「なんで携帯に番号を登録してんの?」

行天はにやにやした。いつもの調子を少し取り戻したらしい。リビングの美蘭から離れられて安堵したと、ありありと顔に書いてある。

「顧客の番号はすべて登録するようにしているんだ」

事実を述べたにもかかわらず、「いいからいいから、わかってるって」と聞き流された。

「シャチョーは、『キッチンまほろ』のマニュアルにある料理以外は、燃えカスみたいなもんし

か作れないんだって。ばれると店のイメージダウンにつながるかもしれないから、『秘密にしてくださいね』ってさ」

行天は、「先輩、彼女いないんだって」と情報を披瀝《ひれき》する、女子中学生みたいに得意気だ。俺が燃えカスになりそうだ、と多田は思う。

「もういい、行天」

犬を褒める気持ちで、と自分に言い聞かせ、できるだけ優しく告げた。「おまえはけんちん汁を担当しろ。俺は魚を焼く」

ただの豚汁とブリの素焼きと豆腐を湯がいたものと緑色のペースト状物体になってしまったが、なんとか夕飯にありつけた。

行天は田岡の焼酎を勝手に飲んでいる。美蘭は原形を留めぬほうれん草を口に含み、すぐにテーブルへ吐きだした。お気に召さなかったらしい。

「まあ、当然の反応だな」

多田は美蘭の味覚を認めた。緑色のゲロのようになったほうれん草が、首に巻かれたよだれ掛けにも付着している。さすがにひるむものがあったが、指でつまみ取ってやった。

美蘭は左手にスプーンを持ち、ご飯やら多田がほぐしてやったブリやらを、右手で手づかみして食べた。食べるときは道具を持つならわしだ、ということだけは、ちゃんとわかっているらしい。あとは、その道具を使えれば言うことなしだ。

多田は豆腐を小皿に取り、美蘭のためにせっせと吹き冷ます。美蘭はそれを握りつぶす。よく動き、自我が芽生える年ごろの子どもと接するのははじめてで、多田は美蘭に翻弄《ほんろう》された。

多田の食べさせかたがぎこちなかったせいか、美蘭は夕飯の途中で泣きだした。スプーンを投げ、飯粒や唾液でべとべとになった手を振りまわす。

行天が立ちあがった。心地いい室温が保たれているにもかかわらず、額に汗が浮き、全身が小刻みに震えている。尋常な様子ではない。

インフルエンザに罹ったのか、食いもんが悪かったのか。心配になった多田は、「どうしたんだ」と言いかけた口を閉じた。

行天が唐突に腕を振りかぶり、からになっていたグラスを思いきり投げつけたからだ。グラスは隣の和室まで飛び、畳に受け止められて転がった。

「ぶっ殺されたくなかったら黙れ」

肩で息をした行天は、かすれた声で言った。多田は驚いて腰を浮かした。

「行天」

慎重に近づき、行天の肩をつかむ。「落ち着け」

多田の手を払い、行天は急に咳きこんだ。テーブルにかがみこむようにして苦しげにあえぎ、ややして力なく椅子に座る。

一瞬だけ静かになった美蘭は、いまやこの世の終わりとばかりに泣き叫んでいる。多田は行天が規則正しい呼吸をしているのを確認し、美蘭を子ども用の椅子から抱えあげた。

「昼寝しなかったからなあ。眠いんだろ」

美蘭を揺すってあやしながら、多田はべつのことを考えている。

いまのはなんだ。行天になにが起こったんだ。

はじめて見る行天の姿に、多田は混乱した。なにか恐ろしいものが、行天のなかに眠っている。触れてはならない。気づかなかったふりをしなければならない。いまは。行天もたぶん、それを望んでいる。

なんでもないふうを装い、多田は行天に話しかけた。

「そろそろ、風呂に入れてやらないとな」

「風呂？」

行天は焼酎のグラスを拾いにいき、そのまま和室に座りこんだ。泣き声も美蘭の存在自体も、行天には耐えがたいようだった。

「得体の知れない男二人が、幼女を風呂に入れるのか？」

「やっぱりまずいか。たぶん奥さんは許可しないよな」

多田は念のため、寝室へ行って田岡の妻にうかがいを立てることにした。

まだ衝撃が残っていて、足もとがおぼつかない。リビングに美蘭を残してきたが、大丈夫だろうか。行天が子どもに暴力をふるうとは思わないが、美蘭は怯えきっている。泣き声はやむことなくつづいている。

寝室のドアを開けると、田岡の妻がベッドに起きあがったところだった。夕飯は、少しは腹に収まったようだ。サイドボードに食器が重ねてあった。

「泣いていますね」

心配でたまらないらしい。田岡の妻は、ふらつきながら立ちあがろうとした。

「眠くなったようです。美蘭ちゃん、風呂はどうしますか」

田岡の妻は口ごもることで、多田の質問に答えた。

「歯を磨いて、お茶を飲ませたら、ここへつれてきてくれませんか。あとは私がやりますから、お帰りいただいてけっこうです」

「しかし」

熱は下がっていなさそうだ。一緒に寝たりしたら、美蘭にインフルエンザがうつるのではないだろうか。

「おかげさまで、もうずいぶんよくなりました。朝には平熱まで下がるはずです」

田岡の妻は、決然とした口調で言った。多田は、「わかりました」と引きさがるしかなかった。

そりゃそうか。突然やってきた便利屋二人と、夫の留守にひとつ屋根の下で眠ろうと思う女などいない。多田は田岡の妻の枕もとから食器を下げ、ため息を嚙み殺して廊下を歩いた。

リビングでは、美蘭が一人で泣いていた。

行天のやつ、子どもを放って遁走《とんそう》したな。仕事の途中で、とあきれもしたが、いなくなって安心したのも事実だった。

多田は行天の反応に、そこはかとない恐怖を感じていた。これまで、行天がどんなに奇怪な言動を繰りだしても、こわいと感じたことなどなかった。行天が実は、常に理性の手綱を手放さない人間だと、多田はちゃんと知っていたからだ。

さきほどの行天は、明らかにいつもとちがった。恐怖に支配され、悲鳴を上げる寸前の姿に見えた。行天の怯えが伝染し、わけがわからないまま多田も怯えた。

こわくて震える、小さな子ども。そのにおいを感知して、悲鳴も抵抗も飲みこむ闇が迫ってくる。

そんな幻影を見た気がして、多田は首を振って気持ちを切り替えた。歯ブラシを片手に、美蘭のまえに膝をつく。

「悪かった。さあ、歯を磨いて寝よう」

美蘭は口を開けずにしゃくりあげる。行天の豹変に驚かされ、すっかり拗《す》ねてしまったらしい。

多田は困って、歯ブラシで美蘭の唇を軽くつついてみた。

「ママが待ってるぞ」

「ママ」

いまさら思い出したのか、美蘭はまたも激しく泣きだした。開いた口にすかさず歯ブラシを差し入れる。力加減がわからず、おっかなびっくり動かした。

作り置きしてあった茶を飲ませ、多田は美蘭を寝室へつれていった。美蘭は、ベッドに座っていた母親に駆け寄った。田岡の妻も、美蘭を強く抱きしめる。まるで百年生き別れていたみたいだ。いや、美蘭にとっても田岡の妻にとっても、この半日はそれぐらい長く感じられたのかもしれない。

「ありがとうございました」

田岡の妻は、美蘭を抱いたまま頭を下げた。「いま、お財布を」

「振り込み先を書いておきます。面倒だったらお電話いただければ、受け取りに寄ってもかまいません。鍵は帰るときに、玄関の郵便受けから落としておくので安心してください」

お大事に、と多田は寝室のドアを閉めた。

テーブルのうえを片づけ、台所で洗い物をすませる。なんだか肩が凝《こ》っていた。子どもの相手は疲れる。

息子がもし生きていて、俺がいまも妻と子どもと暮らしていたら、どんな毎日だっただろう。

多田は、ふと湧いた想念を振り払った。家庭と健康食品。人騒がせな団体の理念は、多田からはひどく遠い場所にある。

床に散乱したおもちゃを箱にまとめ、テレビとＤＶＤの主電源を消す。広告の紙の裏に振り込み先と金額を書き、テーブルに置いた。

片づけ残したところがないか、台所とリビングと和室を確認し、多田は電気を消した。

ベランダの窓が開く音とともに、カーテンを揺らして風が吹きこんだのはそのときだ。

びっくりして振り返ると、リビングに立った行天が、後ろ手に窓の鍵をかけたところだった。

廊下から差しこむほのかな明かりに照らされ、行天はゆっくりと多田に近づいてくる。

「なんだおまえ、帰ったんじゃなかったのか」

動悸を鎮め、多田は問いかける。行天は無言だ。

「ずっとベランダにいたのか」

冬の夜の冷気をまとい、行天は多田のまえまで来て動きを止めた。

「多田」

と、行天は低い声で平板に言った。「頼むから、もうこんなとこには俺をつれてこないでくれ。まともにしゃべれもしない、一人じゃ飯も食えない、なんにもできないガキは嫌いだ。今度こういう依頼があったら、断ってくれ」

そんなにいやなら、さっさと帰ればよかっただろう。多田はそう言おうとして、しかしなにも言葉にできなかった。行天が多田の仕事に同行するのは、行天なりに役に立とうと思ってのことだと、わかっていたからだ。行天が暗いなにかを抱え、必死になにかと戦っているのだと、いまようやく、はじめて心からわかったからだ。

「頼むから」

寒さのためか、なにかをこらえるためか、行天は小さく震えていた。「じゃないと俺は」

行天の顔の半分は、多田が作る影のせいで黒く塗りつぶされていた。光を地球にさえぎられ、形を変える月のように。

俺たちの背後には、俺たちを常に暗く照らす太陽がある。

もう半分のほうの行天の頬が痙攣《けいれん》し、潤んで光った目をまぶたが覆い隠した。

「なにをするかわからない」

こわがらなくていい。多田はそう言いたかった。美蘭にしたように、行天の手を握ってやりたかった。

おまえの小指はくっついたじゃないか。「すべてが元通りとはいかなくても、修復することはできる」。おまえは俺に、そう言ってくれたじゃないか。どうして、自分にだけはそんな日は来ないと思うんだ？

だが、多田はしたいと感じたことを、言葉にも行動にも表さなかった。

「俺も、ガキのお守《も》りはこりごりだ」

とだけ言った。「帰るぞ、行天」

時間貸しの駐車場へ向かい、並んで歩いた。雪でも降りそうに冷えこんでいる。黒いコートを着た行天が、マフラーを厳重に首に巻き直した。

「そのマフラー、俺のみたいなんだが」

多田の指摘を受け、行天はうっすらと笑う。

「うん、借りた」

このあいだ買ったばかりなのにと思ったが、洒落《しゃれ》けづいていると取られるのがいやで、多田は抗議を控えた。きっとうやむやのうちに、行天のものになってしまうんだろう。

軽トラックに乗った行天は、マフラーを畳んで膝に置く。

「脂肪がちょっと減ったからかな。今年の冬は妙に寒い気がする」

「そりゃおまえ、年のせいだ」

多田は煙草をくわえ、ハンドルを切った。

「金剛力士像って、いくつなんだろ。顔はおっさんみたいだけど、あの筋肉で五十代ってことはないよね」

助手席で煙草をふかす行天の横顔は、もういつもどおり、なんの感情もうかがわせない飄々としたものだった。

細い月に追いたてられるように、軽トラックは事務所を目指す。

凍えた人間をもう一度よみがえらせる、光と熱はどこにあるのだろう。

多田は祈るように考えた。

初出＝別册文藝春秋二七四～二八〇号

三浦しをん

一九七六年、東京生まれ。

二〇〇〇年長篇小説『格闘する者に○』でデビュー。二〇〇六年『まほろ駅前多田便利軒』で第一三五回直木賞受賞。小説作品に『月魚』『私が語りはじめた彼は』『むかしのはなし』『風が強く吹いている』『きみはポラリス』『仏果を得ず』『光』『神去なあなあ日常』など、エッセイ集に『三四郎はそれから門を出た』『あやつられ文楽鑑賞』『悶絶スパイラル』『ビロウな話で恐縮です日記』など、著書多数。

まほろ駅《えき》前《まえ》番《ばん》外《がい》地《ち》

二〇〇九年十月十五日　第一刷発行

著者　三《み》浦《うら》しをん
発行者　庄野音比古
発行所　株式会社　文藝春秋
〒102-8008　東京都千代田区紀尾井町三—二三
電話　〇三—三二六五—一二一一
印刷所　凸版印刷
製本所　加藤製本

ISBN978-4-16-328600-6